魔豆

玫瑰色鬼室友

My Dear Ghost Roommate

vol. 7

上

畢業季節

林賾流——著

哈尼正太郎——插畫

玫瑰色鬼室友

vol.7 上

畢業季節

目錄

楔子

臨海峭壁邊的石造涼亭中，身著綢緞白衣的十一歲男孩趴在桌上凝視海天一線，披垂在背後的黑髮柔滑得不可思議，宛若潺潺山泉淌流而下，男孩時常就地發呆，懶洋洋不動便是好幾個時辰，這個飽受同門師兄弟詬病的習慣後來持續了一輩子。

一陣特別強勁的海風颼過涼亭，鑽進寬大衣袖和褲管，男孩打了個哆嗦，目光始終迷濛。

「你終於來了。」男孩望著一身灰白布衣的怪人，最怪的就是那頭猶如蒲公英種子般毛茸茸的蓬鬆灰燼短髮。

蒲公英，這個花名過去現在與未來都不會出現在這個世界，男孩此刻卻看見與夢中之花種極為相似的神祕容顏，他心跳加速，小手在袖中無意識攢成拳。

「我找你很久。」毛頭人劈頭就這樣說。

「我知道。」

「哦？」

「我看到你看到我了，而且會來找我當你的徒弟。」

男孩這句話沒頭沒腦，毛頭人卻立刻點了點頭。「看來我們擁有相似的能力。」

「師父啊，你太過強大，而我有一半是後天加工，我不用張開雙眼也能看見眼前與遠處的事物，但是師父本來就知道，人類是用大腦來『看』東西對吧？要是大腦出了問題，就算雙目完好，眼中的世界也會扭曲變形。」綢衣男孩展開論述，急著證明自己與眾不同的價值，殊不知在毛頭人眼中他更像一隻呼喚親人的落單幼獸。

希望這個從天而降的神祕人物別臨時變卦，希望他真如預見畫面那般拯救自己。男孩默默祝禱。

毛頭人沉默數秒，用食指點了點自己的頭皮。「通常像你這樣擁有天賦的孩子都是用毀掉眼球的方式來加強能力，我第一次見到用藥針限制視覺還這麼成功的例子，不會留下太多傷害，真不愧是『十巫』的技術。」

「太過成功反而失敗了，我窮盡所能看到的異象皆在其他世界，這個世界裡，我卻只能看見和師父有關的事，不具任何實用情報價值，那個造就我的國家很失望。」綢衣男孩說。

「所以你把我的事和國家說了？」

綢衣男孩搖搖頭，慵懶無辜的表情不知何時透著點狡猾，竟和毛頭人有些神似。「我最早夢見的就是今天，說了我還怎麼跑？又不是傻瓜。」

「How do you do?」毛頭人忽然說了一句異族語。

「How do you do.」綢衣男孩下意識回應，驚訝地撫著自己的唇瓣。

「就是這樣啦！很好玩吧？」

「我曾經以爲在這個世界裡只有自己明白這種語言。」

「別考我英文，我字彙能力很弱，但我有些徒弟倒是很厲害。言歸正傳，你得和我走，這是命中註定，也是我所決定的事。」毛頭人說。

「我從六歲開始就等著這一天到來。師父，我知道你爲何現在才來，也知道你我會如何結束，以及結束之後大家重新開始，我將負責打開那扇門，但我的身影卻不會出現在你們重生的時代……」綢衣男孩流下晶瑩的淚。「你能否告訴我，這一切有何意義？」

「有，不准劇透。」毛頭人斬釘截鐵道。

男孩愣住，毛頭人趁機抹去他的淚水，草綠色眼眸漾滿笑意。

「未來並非只是一張圖畫，你能看見我看不到的未來，那是你的宿命，正如帶你走是我的宿命一般。我的宿命是，讓你認眞地活下去，直到哪天你想打開那扇門，那就開唄！」毛頭人揉揉男孩頭髮，發出一聲舒服的歎息。

「你的頭髮眞好摸，針我順便替你拿出來了。」

「師父，你長得和我夢見的一模一樣。」重新得回光明的男孩輕聲道。

「難不成你還期待哪裡不同嗎？」毛頭人挑眉。

「我還夢見師兄師姊都喜歡欺負我，錦衣玉食沒了，得過苦日子，還要拚命學很多法術，感覺會很累。」綢衣男孩委屈控訴。

「放心，你以後也會有師弟師妹可以欺負，至於學法術是爲了開那扇門的必要條件，一切都是宿命啊！」

「師父，你眞的很像神棍……」

「一個有著實打實神通的眞人能表現得像神棍，也是一種不尋常的才能。」毛頭人仰頭摸著下巴，看上去有些感動。

綢衣男孩垂下頭，像是回味某些記憶，猛然握住毛頭人的手指問：「宿命眞能一絲不差地實現嗎？師父你的大願，以及我的宿命。」

毛頭人親暱地晃了晃男孩的手。「我們已經做出雙重驗證了，我的宿命會實現，然後才輪到你實現你的宿命，但我想那是很久以後的事，先讓我來實現你盼望了很久的『苦日子』好嗎？」

男孩望著兩人相牽的手，露出一抹凝重又飽含期待的微笑。

Chapter 01 / 鄰居是術士

茶几上的花貓懶洋洋地打完呵欠，又將下巴放到桌面上閉起眼睛。我靠著沙發，喝著一杯加了肉桂粉的錫蘭奶茶——用整片茶葉加鮮奶泡的，不是沖泡包，雖然價格上是便宜貨，卻是拜託刑玉陽向進口貿易商朋友批材料時順便幫我買的高CP值茶葉，至少現在的我捨得買鮮奶了。

不知不覺已經十月，時光飛逝，坦白說，一切都失控了。許洛薇被綁架，回來後蛻變成徹頭徹尾的妖貓，耿派鬼術的術士混蛋是我的祖先借屍還魂，溫千歲暴走發瘋差點變回疫鬼，我多了個「阿克夏記錄開閱者」的稀有超能力，堂伯給我一張新台幣十七萬的支票當情報費，然後是主將學長——不能再想下去了，簡直是大災難。

啜飲一口熱奶茶，這也是堂伯給我的修行建議。

高三那年父母臥軌自殺之後，學費加上學貸壓力的窘迫生活使我在物質上一直對自己有點苛刻，這樣的日子也過了七年多，其實我眞正挨餓的時間很少，對未來的恐懼卻總是揮之不去。堂伯認爲我該學會享受生活，安住身心，一味吃苦只會精疲力竭，他一眼就看出我心病難改，即便手上有錢，也只會計算這次能撐多久。

蘇靜池直接打中我的死穴，我寧可把錢花在小花身上，至少給牠更多保障也好。大家說我這樣省錢沒意義，還不如投資自己，提高對ＡＲＲ超能力副作用的耐受性，以免動不動就拿命去抵押，小花有很多人照顧，不差我一個。

我想了又想，勉強同意升級在家喝飲料方面的享受，畢竟我本來就愛喝奶茶，和戴姊姊一起喝茶又是很開心的事，會讓我倆都有種暫時變成貴族的錯覺。心情還眞的莫名其妙安定不少，至少這杯茶是用自己的錢買的，這點小東西我還喝得起。

目前我的首要任務就是修行提高能力抵禦冤親債主，溫千歲業障發作，意味著蘇家根基不穩了，因爲溫千歲就是蘇湘水培育來保佑蘇家的角頭神明。

或許我能周旋拖延的時間已經快用光了。

在和冤親債主決一死戰之前，絕對要提高超能力夢見許洛薇的死因！奈何別人修煉超能力是等級噌噌地長，我修煉是爲了不讓這個該死的超能力扯後腿，不小心睡著作夢就靈魂出竅或身體自動夢遊亂走，能力一發動還會扣生命力，上次後遺症是我全身癱軟將近一個月。

蘇晴艾，妳只能靠奶茶保持淡定了！我一邊這樣想，同時又灌了一大口。

最好的朋友每天都在追問我對主將學長的想法，這件事已經快凌駕冤親債主帶給我的憤怒，今天我甚至就把過期雜誌放在身邊，準備紅衣女鬼再嘴賤就把她打到化糞池去。

玫瑰公主大概感受到我蓄勢待發的惡意，現出角翼貓的妖怪原形趴在沙發上看電視乖乖舔毛，話說這隻妖孽在家裡眞是越來越自在了。

手機鈴聲響起，下一秒，放在包包裡的手機自動飛過來掉進懷裡，許洛薇得意地瞥了我一眼，甩了甩尾巴。

看吧！這才叫超能力——她的眼神這麼說。

「謝謝，我有手有腳。」其實我不是很想接電話，萬一是那個人打來的，目前我還無法心平氣和地應對。

「奇怪，殺手學弟告白，妳還是跟以前一樣，換成丁鎮邦妳卻怕成那個樣子？」許洛薇果眞信守承諾，再也不用「腹肌黑帶」的糟糕綽號稱呼主將學長。

「抱歉，讓妳失望了，是筱眉學姊打來的！」我對許洛薇露出勝利的牙齒。

跆拳道國手唐筱眉不僅曾是我的同校學姊，更是主將學長的前女友，我對她一向又敬又畏。其實我們關係還不錯，我的大學生活和校園偶像許洛薇牽扯在一起，難免被玫瑰公主人氣牽累，許洛薇的黑粉本來就不少，筱眉學姊畢業後，我才發現自己似乎被她罩過。

關於許洛薇的惡劣謠言經常波及到我，這時候總是會有不認識的學生主動跑出來闢謠澄清，後來我特意去致謝才知道，是筱眉學姊吩咐學弟妹和校內朋友在她畢業後看情況照顧我。儘管我改不了內向畏縮的習性，到頭來也沒能和筱眉學姊以及她的關係圈子熟起來，這份義氣我還是銘記在心。

先前筱眉學姊找主將學長復合失敗，我和她反而變得比以往在學校裡還親近，得不到主將學長，有他的學妹也好，這算某種補償作用嗎？我搞不懂筱眉學姊，她似乎想和我當閨蜜，我有點怕怕的，筱眉學姊現在偶爾會打電話來抱怨一些關於男朋友和跆拳道訓練的鳥事，這方面我的應付功力堪稱爐火純青。

「妳和鎮邦上床了嗎？」筱眉學姊劈頭就問。

「噗！」我一口奶茶全噴了出去。

「嗚哇！老忠實噴泉~」赤紅異獸翻身四腳朝天亂動模擬噴發，笑到快往生。

我對許洛薇比出憤怒的中指，放下茶杯，手忙腳亂地尋找衛生紙，同時還得應付筱眉學姊的質問。

「學姊妳到底在說什麼？沒頭沒腦我聽不懂。」

「我有情報指出鎮邦戀愛了，他公開表示不接受任何追求。」筱眉學姊開始審案。

「跟我有什麼關係？」我在許洛薇的噓聲中硬著頭皮裝傻。

這時被套話就完了，我相信主將學長不是會把感情隱私亂爆料的性格，當然更不會把我的名字說出去。主將學長其實知道自己的愛慕者有多恐怖，光是和他傳個緋聞就會被噴得面目全非，筱眉學姊的勇者之名來自於她幹掉過很多魔物。

「他說，喜歡上一個學妹，正在追她。」

「那有可能是體育系或是警察那邊的學妹嘛！」我無意識把沾了奶茶的衛生紙拿去擦冷汗，許洛薇的笑聲立刻變得更加狂野，我乾脆把衛生紙揉成一團朝妖貓丟去，可惡的許洛薇笑到沒氣，呈現中風症狀，任憑垃圾砸在身上也不爲所動。

「妳把我當白痴嗎？那個學妹除了妳還會有誰！」

忘了筱眉學姊比我還要了解主將學長，曾經的正宮對主將學長的人脈掌握和敏銳度就是不一樣！

「呃……」我這個反應和承認沒兩樣。

「小艾，妳別怕，我只是想知道眞相和過程而已，不會和妳搶。」筱眉學姊放柔聲音哄我。

「不是啦！學姊，我覺得沒什麼好說。」

「怎會沒什麼好說？至少妳要讓我知道，鎭邦怎麼喜歡妳的，你們交往多久了？」

女人就是能忽略攤在眼前的邏輯，明明筱眉學姊剛才自己說主將學長還在追女生，這會兒已經定調是交往了，難怪以往學校裡桃色緋聞傳播起來總是鬼哭神號，充滿亂七八糟的狗血。

「沒交往啊！我拒絕了。」我想了想，這年頭先上車再補票的情侶也很多，趕緊澄清：

「當然也沒上床喔！」

彼方傳來一陣長長的靜默，我趕緊抽了幾張乾淨衛生紙繼續擦奶茶漬。

一聲河東獅吼驚天破地。「蘇晴艾，妳智障嗎！爲什麼拒絕他？是不是想要我踢死妳！肥水不落外人田的道理妳懂不懂？」

「可是我現在不想談戀愛，而且主將學長變成男朋友也很麻煩。」我老實說。

「哪裡麻煩？」

對付筱眉學姊最有效的辦法就是直來直往實話實說。

「私人時間想糜爛一下，主將學長那種類型的男朋友在旁邊無法放鬆啊！」

「鎮邦他不是操控狂。」筱眉學姊開始說前男友的好話。

「比那個更糟，我會不由自主想表現良好，因爲學長很厲害，我不想沒面子，他在家我一定不敢不洗碗拖地晾衣服……」

「對嘛！衣服一個禮拜洗一次，垃圾三天扔一次就很好了！老娘也是很忙的！有的媽寶還想要我幫他洗內褲，沒叫他自己吃下去算客氣了！」筱眉學姊忽然激動地附和我。

「學姊妳果然懂我，人生在世，圖的就是一個自在舒心呀！」

許洛薇不知何時變回人形，拿起雜誌作勢嚼著，就算這副死樣子很嘲諷我也要忍住！

「夠了小艾，妳以爲我很好騙嗎？先別說鎮邦都是自己做家事，他那麼帥又會賺錢，妳還挑個屁！」筱眉學姊就是不能接受。

學姊有所不知，我的煩惱多到頂天，都是會死人的那種，實在沒心情風花雪月。

「學姊妳也很漂亮，主將學長又不虧。反正我拒絕了，主將學長也沒有勉強我，他眞的很好。」我發自內心這樣說。

「看來鎭邦比我懂妳，妳可別小瞧他了。」筱眉學姊悻悻扔下這句嗆聲後斷線，看樣子是去找現任男朋友出氣了。

「筱眉學姊幹嘛這樣？我都說主將學長很好了。」我收好手機，還在掙扎繼續穿著這件沾了奶茶漬的上衣撐到今晚洗澡，還是現在就換套乾淨衣褲？

其實奶茶漬在深藍色衣服上乾了還眞不明顯，不如節省水資源更好。

「小艾，妳不能再這樣下去了。」許洛薇馬上從小動作發現我在想什麼。「我媽說，女孩子就是要乾淨的，香香的，漂漂亮亮的，這樣才能吸引到上好的獵物。」

貓科動物來講這句話還眞有說服力。

「我努力一點還是可以很乾淨。」衝著許洛薇這句話我還是決定去換套室內服，但不是爲了吸引獵物，而是證明蘇小艾衛生觀念良好。

「我當年用心良苦讓妳香香的，事後證明潛移默化還是有用，丁鎭邦一定是不知不覺喜歡上妳，現在單身也覺醒了就告白啦！」許洛薇扠腰說。

「等等，妳當時動了哪些手腳？不是妳熏香熏太重染到我？」許洛薇生前是瘋狂玫瑰愛好者，當時我基本上生活在玫瑰香氣中，還替她種了一園的玫瑰，到後來我都有點嗅覺疲勞了。每次去練柔道都自帶花香，社團大家經常笑我是玫瑰口味的艾草。

「就……趁妳道服洗好後偷滴一點玫瑰精油，10ml就要幾萬塊的保加利亞玫瑰耶！我也是下重本了！」許洛薇自誇。

「妳那是小狗尿尿劃地盤吧？」我沒想到許洛薇居然在我身上用過這種手段，她是無聊到什麼程度？

「嘿嘿！別否認，一定有男生因爲這樣注意過妳。」

「有啊！都說我醜人多作怪學妳。」我說。

她的笑臉一瞬垮了。「是誰說的，我去作祟嚇死他！妳以前怎麼沒告訴我？」

「何必理那些沒腦子的傢伙？我知道妳都用眞貨，都香到廁所去了，反正我跟著吸也算賺到。」敢得罪玫瑰公主的專屬管家，看我不直接拉黑名單永不超生。

「妳不討厭玫瑰的味道對嗎？」許洛薇忽然顯得不太確定又有點緊張。

「很好聞，幹嘛討厭？只是練柔道的時候被當作有噴香水會有點尷尬，算運動禮貌吧？反正妳來過社團以後大家都懂了。」仔細回想，好像從主將學長畢業後，我就沒再聽過柔道社特別提起我身上有花香，許洛薇也不再那麼誇張地熏香。

當時曾懷疑過，許洛薇努力把香氣染到我身上，目的是潛移默化主將學長從味道聯想到附近有朵美麗的玫瑰正期盼王子留步採摘，蘇晴艾不過就是當個傳播媒介，對香氛攻勢隨著主將學長畢業消失這件事我還鬆了口氣。

基於我對她認識多年的分析，許洛薇果然還是小狗尿尿的目的居多，當時才大一的我走到哪都有人問起是否認識許洛薇，這種頂級奢華的香氣並非隨便哪個大學生用得起，留香這麼久的花費不是開玩笑，許洛薇占了玫瑰招牌後，其他女生縱使有錢想用也是東施效顰。

身為光禿禿電線桿的我即便沒裝備名牌服飾和上流人脈，也遭認定是許洛薇的人，直到蘇晴艾的名字和長相在追求者中廣為流傳，被公認是接近玫瑰公主前必須先過來遞拜帖的管家為止。很少女漫畫的手法，許洛薇硬是用了，居然有效。

「小艾，妳晚上有沒有……」

「不聊主將學長。」我拿起過期雜誌目露凶光。

「好嘛好嘛！那殺手學弟呢？最近都沒看到他的腹肌了。升大三有這麼忙嗎？」

現任柔道社社長本來是個同性戀，卻說我是他的菜，追求行動持續超過半年了，我等著看他何時會退燒？不是我瞧不起學弟，他是個好戰友，但我覺得我們之間的交集沒有深到值得他一再碰壁。

「他偷偷養在學生宿舍的寵物走失，學弟很難過，最近很拚命在找，我也有去學校幫他找過，可惜沒發現。」我攤手。

「沒搬出去嗎？都大三了。」許洛薇大一下學期就迫不及待搬進父母買給她的老房子，體驗過合宿生活後果然還是外面更自由。

「學弟是澎湖人，家鄉那麼遠，他成績又好，申請宿舍很好過，住學校比較省錢。」我說。

「他養什麼寵物？貓還是狗？這種小事問我就好了嘛！」許洛薇決定調動她身為當地流浪犬貓扛霸子的惡勢力。

「不是哦，他是爬友。」我端回奶茶繼續喝。

「啥意思？」許洛薇一時反應不過來。

「──爬蟲類之友，學弟的愛寵是一條白化球蟒，名字叫白娘子。」對於殺手學弟的情報我也算瞭若指掌了。

「欸？那是怎麼不見的？」蛇類和蟑螂是玫瑰公主的罩門，許洛薇立刻皺眉，不過還是很有道義地追問細節。

「一個禮拜前他回宿舍發現保溫箱裡空了，翻遍房間找不到白娘子，等了好幾天也沒有拾獲招領的消息，學弟開始懷疑有人偷他的蛇，畢竟一條純白球蟒價值七、八萬。」

「他也愛養高級品喔？」許洛薇問。

「這倒不是，是玩球蟒繁殖的朋友送他蛇蛋，讓他賭能不能孵出稀有色，學弟還眞的孵出來一條，但他不想賣，說有感情就一直養著了，還打算下學期就去租房子，因爲蛇會長大，到時候不方便。」這個小細節讓我看見殺手學弟的個性其實也很執著。

「他算是挺負責任。」紅衣女鬼應和。

「現在天氣涼了，他擔心白娘子躲進宿舍某個陰暗狹窄的角落，或者溜到學校裡不小心被人打死。懸賞機會渺茫，畢竟白娘子身價不低。昨天聽學弟說萬一找不到只能放棄了。」我忍不住摸摸小花，還好我們家的貓咪夠乖。

想到一樣是純白的蛇靈，白峰主張開嘴就能把我整個人吞下去，忍不住打了個冷顫。

「那我們也排個時間幫他找找吧！我用原形找說不定聞得到味道。」許洛薇提議。

我面有難色，希望玫瑰公主盡量低調，光是路上有可能撞見七爺八爺我就嚇死了，萬一被天兵天將看見，許洛薇還有活路嗎？

「妳能不能試著把原形和人形的能力混合，比如說，強化嗅覺就好？」

「這是個好主意。」許洛薇默默運功半天，我還是看不出她身上有任何變化。

「不如妳在家慢慢練習，我先去幫學弟找寵物？」

「剛剛我是演給妳看的！我老早就試過啦！貓耳娘超讚！但人家就是沒辦法只變出耳朵和尾巴！」在不正經的方向上，只要吸引力夠強，許洛薇也可以很刻苦，我相信她努力過了，果然現實裡妖怪修煉不像卡通可以快轉或在神祕空間裡突破極限，再者，許洛薇前身還是隻來歷不明只剩下魂魄的異種妖獸，她爲何會投胎成人類本來就是個謎。

「反正我不要一個人在家！妳買包鹹酥雞，我們去學校喝咖啡！」學校是許洛薇第二愛待的地方，她最輝煌的歲月都砸在大學裡了。

剛喝完奶茶，我嘴超饞的，就想吃點鹹鹹香香的食物，禁不住許洛薇的鼓吹誘惑，用美式咖啡機泡好一壺熱咖啡裝進保溫杯，抓起小錢包塞進口袋，許洛薇歡呼一聲，攀住我的肩膀，一人一鬼就騎上機車直奔母校旁的雞排攤。

□

此時已是晚上七點，我考慮過白天人多，蛇類怕人只會躲得更隱密，加上眾目睽睽令我不自在，夜晚不影響許洛薇的視力，還可以順便出來買晚餐，一舉數得。買了兩份炸物，一份要給殺手學弟，我打學弟手機卻聯絡不上，改打給柔道社的人，某個學弟說葉社長今天有事沒來社團。反正是義務幫忙，殺手學弟知不知道不是重點，我就直接行動了。

其實對於找到殺手學弟的白娘子我並不抱太大希望，只是找個理由到學校走走，母校裡發生太多怪事了，說不定還存在著我沒發現的線索。手裡拿著鹹酥雞，與長髮飄逸的室友並肩走在夜幕低垂的校園中，她絮絮叨叨的說話聲加上熟悉的風景令我有些恍惚，彷彿時空倒流，我還沒畢業，許洛薇也沒跳樓，下課後，我和玫瑰公主很普通地在學校裡聊天散步。

每當和許洛薇一起踏進校門，看著她嘻嘻哈哈的樣子，我總是會強烈意識到某個事實——許洛薇身上小洋裝的紅色，是鮮血染紅的死亡顏色，即便她的魂魄再一次以妖怪姿態覺醒，那份血色也從未變淡或轉爲污濁，顯然使她遺忘死因或是不肯對我交代眞相的執著始終未改。

在學校裡閒晃了好幾個小時一無所獲，比起沒尋獲白娘子，更讓我氣餒的是，許洛薇的死因迄今還是沒著落，而告訴她蘇晴艾死劫提示的某個老鬼也依然沒露出一鱗半爪，雖然說許洛薇當初神智迷糊沒看清楚老鬼特徵也是原因之一，但過了這麼久對方仍然沒出面，芒刺在背的感覺越來越強烈了。

神祕老鬼將原本一無所知的我和許洛薇以及冤親債主串了起來，說明再怎麼樣那隻鬼都脫不了關係，更有可能許洛薇跳樓時，那老鬼就把一切看在眼裡……想通了這份可能性後，我對揪出情報源頭的衝動瞬間高漲，相比之下，神祕老鬼則僅僅存在許洛薇與我重逢初期時模糊不清的轉述裡。

「薇薇，妳再仔細想一想，當初那個預告我會被冤親債主謀殺的聲音，有沒有更多線索？」我有些焦慮地問。

「好像是個不認識的老頭。就說我死掉以後昏昏沉沉很久，要不是被那句話嚇醒，我還想繼續睡哩！」許洛薇聳聳肩說。

「妳不覺得告密的鬼聲提前三個月就預知蘇福全行動這一點強到不合理嗎？」身爲三個月後精確地被附身走到頂樓邊緣的受害者，我深痛有感地追問。

「可能是想低調的高人或路人鬼吧？如果發現厲鬼討債又不想冒險承擔責任，是我也會看情況提醒一下就落跑，洩漏天機不是很麻煩嗎？或者那個老鬼太弱，蘇福全可能有恐嚇過學校裡的鬼或者找幫手，不知怎地讓幫我們的老鬼知道計畫，那隻老鬼好心提醒，但是怕被我們拖下水始終避不見面。」許洛薇倒是自動把當初聽到的警告來源合理化了。

「聽起來也有道理。」是我太想直接找到答案，又在期待有個幕後黑手通曉一切眞相，還是如許洛薇猜測的純屬偶然，有個過路第三者不忍心才略加點撥呢？就是因爲經歷很多次靈異事件，遭逢高人的機率如此之低，讓我相信，外人免費義務的幫忙頂多是提醒，這樣才合理，正義天師適巧介入幫你處理到好這種事看電影比較快。

高風險自然是要高報酬或者具備特殊因緣，眞正實力派的法術高手才可能會出現在事件相關人物面前，例如聞元槐這種高階術士……現在該說是我的老祖宗蘇亭山了。

「對方如果鐵了心不想和我們接觸，跟不存在還不是一樣！」許洛薇現實地說。

我們在第二次被校警關注後放棄尋蛇行動打道回府，總共也才找了三個小時，說長不長說短不短，我的疲累主要來自精神壓力，期間不見殺手學弟回電，該不會他一直沒看手機？一個人吃了兩份鹹酥雞，有點後悔。

□

回到老房子前，許洛薇冷不防變身爲角翼貓，火焰毛皮蓬得更大，爪子陷入地面，伏低頭部對準屋內低吼。

「怎麼回事？有敵人潛入家裡？」我急忙問。

「有陌生味道，三個人，兩個男人一個女人，已經離開了。」許洛薇恢復嬌美的女聲，聽起來好奇大於生氣。我的寒毛還豎著，從許洛薇的攻擊姿態能感受到她的殺意不是作假，她因巢穴被入侵激起的憤怒本能不可小覷。

即便許洛薇受過現代法治教育，但她獸性的一面會怎麼料理不請自來的入侵者？坦白說，我腦海裡全是Discovery頻道非洲猛獸進食畫面。

「我先去看看，妳留在外面。」我剛邁步就被許洛薇橫來一隻大貓手臂擋住去路。

「我先進去看才對吧？」許洛薇不以爲然。

「萬一有法術陷阱，那一定是針對妳，還不會被法律追究，威脅性較大的那個先控制住是常識。」我們惹過太多勢力，這次由哪邊出手都不好猜。萬幸目前局勢有個共通點，只有惡鬼想要我的命，來自活人的威脅我倒是不甚擔心。

「那又怎樣？妳也不會法術！能看出個屁？再說那是我的房子。」許洛薇哼笑。

「不然一起進去？院子裡沒看到戴姊姊的機車，得趁她回來前確定我們的城堡沒事才行。」玫瑰公主踩中我的痛腳，超能力不包括透視眼眞是對不起啦！

「就這樣辦。」許洛薇和我同時舉步跨進庭院大門，身側一涼，許洛薇毫無聲息展開攻擊，瞬間轉身跳起將黑衣男子撲倒在馬路中央。

我還來不及看清黑衣男子模樣，甚至還沒來得及喊聲阻止許洛薇，黑衣男子就在角翼貓爪下變回草人，我和許洛薇都傻眼了。

一隻男人的手冷不防搭上我的肩膀，隔著好幾層衣物還能感受到絲絲涼氣，瞬間驚嚇值達到最高點。

「晴艾妹妹，遇到麻煩了嗎？」

難以忘懷的低柔嗓音，我反射性聯想到「麻煩」與「沙包」兩個關鍵字，兩秒後才反應到如今術士已不再是威脅，剛想起有這麼個人，當事者就出現也太巧了！

「高……高祖伯父……」我結結巴巴地唸出死命背起來的親族名詞，黑色鬈髮的唐裝青年立刻皺眉，又一個令我感到熟悉的微妙反應。

「乖，叫亭山哥哥。」借屍還魂的術士直接否定正確的輩分稱呼。

蘇亭山是蘇家開基祖蘇湘水的大哥，三歲就被冤親債主也是他的親叔叔蘇福全害死了，上次我在許洛薇被綁架事件中叫出他的本名，等同是招魂，重新確認術士的眞實身分。坦白說年僅三歲就橫死的蘇亭山根本沒累積多少能被想起的生前回憶，論起對蘇家的認同感，他搞不好比我的王爺叔叔還少；溫千歲是高祖母的私生子，蘇湘水也像教養兒子般把他培育成地方神明，溫千歲嘴上虧歸虧，對蘇家還是很照顧的。

再說術士魂魄面貌只有十二歲，卻比溫千歲還要高一輩，「阿公」是萬萬叫不出口的，我對他沒有任何親情，純粹出於都是冤親債主受害者的同情，不能放任他繼續失憶被蘇福全利用而已。

「叫你哥哥有好處嗎？」不配合的話肯定會被欺負，這套路我在溫千歲那邊玩到不想再玩了，就當滿足祖宗的任性，還好蘇亭山目前的肉身年齡喊他哥哥還算吻合外表印象。

「想必是晴艾妹妹還不清楚我派術士的能耐與價值，無妨，過了今夜妳就會明白這個好哥哥是多麼強大的救星。」

慘遭無視的許洛薇抓住空檔恢復人形發出一聲高貴冷艷的嗤笑，天曉得她對著電視練習多少次。「我記得有個術士上次一直吐番茄汁，聽說必須長期休養，這麼快就好了嗎？」

語罷，許洛薇用纖纖玉指拔下草人頭，挑釁地往上空一彈。

術士收回搭肩的手，合掌做了個討饒動作。「上次的確是我不對，既然是晴艾妹妹的好朋友，就像有兩個妹妹一般令人歡喜，妳也一起叫我哥哥吧！我自是會補償洛薇妹妹的損失。」

身爲死後不曾投胎的老魂魄，蘇亭山外表比我和許洛薇都大上一截，不像溫千歲舉止中毫不掩飾的孩子氣，他是眞的用肉身在歷世躲藏，成熟老練的氣質表情瞬間讓許洛薇啞口無言，戰力全失，玫瑰公主就吃這一套。

說人家油條嘛，術士過硬的實力與悲慘身世遭遇讓他主動展現的親近友善硬是多出震撼人心的效果，明知是個影帝級變態，偏偏反省態度就是好看又舒服。

其實上次我問她要如何追究蘇亭山，完全沒打算替術士的惡行敗跡辯護，許洛薇卻說既然是我祖宗她也懶得計較了，誰教玫瑰公主就是護短。

「你接近我們有何目的？」許洛薇不客氣地問。

「於情於理，我都有責任保護晴艾妹妹，再說，我和蘇福全的債還沒開始算。趁著休養期間順便重新培養感情，也好解開誤會統一陣線，畢竟我對當今的蘇家不怎麼熟悉，有賴晴艾妹妹爲我牽線講解。」術士的回答令人無從質疑，不要臉是一種才能，我面前正站著兩個天才。

「補償讓我滿意的話，認你當乾哥哥沒問題。」玫瑰公主也是爽快人，眼下多出任何新盟友都是好事，何況蘇亭山正是我們極需的能力類型。

許洛薇和我對看點頭，想法不謀而合。

——術士的陰謀卑鄙比法術能力更出彩，有這種專業混蛋在我方陣營，冤親債主吃屎吧！

「那入侵者的調查就交給你了。」許洛薇果不其然立刻使喚新人力。

「這有何難？只是幾個私家偵探偷偷進來裝竊聽器罷了。」蘇亭山隨口解釋，顯然早已掌握情況，特地來刷我們的好感度。

「愛現。你阻止他們了嗎？」許洛薇又問。

「靜觀其變留著等兩位妹妹斟酌，要順藤摸瓜反制或放長線釣魚就留著竊聽器，不然立刻掃除也行。」術士微笑。

「薇薇，妳的房子由妳決定。」我說。

「算了，我自己拆。反正竊聽器那些電波滋滋聲很吵，那些人如果再來我就不客氣了。」許洛薇沒好氣地表示。

「不請我入內做客嗎？」蘇亭山順勢問。

「等補償到了再說。」玫瑰公主在欠債還錢這方面相當精明。

「眞可惜，今夜其實我是奉師命前來答覆晴艾妹妹上次在電話裡的要求，也是爲了與現任蘇家族長建立良好的合作起點，不方便的話只好緩緩了。」蘇亭山拍拍揹在腰側的布袋。

我馬上擠開許洛薇興奮地確認：「我本來不抱希望就是隨口問問！你師父眞的答應了？」

「小艾妳又瞞著我幹出什麼好事？」許洛薇立刻把臉貼到我的鼻子前。

退後兩步，我抓抓頭。「之前不是要了那位耿派大師的手機號碼嗎？我就打過去問問蘇亭山的傷勢，順便確認雙方能不能進一步合作？堂伯肯定也是要弄清楚我們這位祖先成爲現代術士的遭遇，與其讓堂伯費力氣調查耿派鬼術又查不出所以然，不如讓耿派鬼術自己決定要交代多少，堂伯滿意我就沒意見，只是想縮短大家刺探攻防的時間。」

耿派長處在役鬼，蘇家長處是動員活人，互相對抗對彼此都是威脅，聯合時卻如虎添翼，目前蘇家與術士本身兩方對「蘇亭山」是否正式認祖歸宗的意願都撲朔迷離。

正如蘇亭山所言，目前必須盡快統一陣線，話雖如此，信任卻不會白白從天上掉下來，能由耿派術士主動示好最佳，畢竟他們理虧在先，堂伯肯定能將雙方關係處理妥當，如此一來只差一個契機。

「所以，那位讚讚的師父答應提供耿派鬼術情報了？」許洛薇對能完全壓制並唾棄變態徒弟的女師父報以良好評價。

我期盼地看著蘇亭山。

術士耐人尋味地看著我，過了一會兒才道：「比妳期待的更多，只要蘇家族長能遵守諾言不公開發表，家師同意正式留下我派存在記錄。反正蘇靜池那小子的倫敦社團不是專門蒐集這類檔案嗎？」

「我沒有要求到這種程度——等等，你怎麼知道堂伯參加的祕密結社？」

「知己知彼總歸不是壞事，我也得查查蘇家有無合作的價值囉！」蘇亭山輕鬆地說。

果然不是一家人，不入一家門啊啊啊！

□

一進門，術士就從隨身布袋裡拿出一片ＤＶＤ光碟，我和許洛薇討論後決定用她的電腦觀看內容，順便備份。術士看到許洛薇的腹肌桌面神色如常，許洛薇趁機加了一句她希望補償能盡量實用，最好鮮美可口。

光碟裡的內容只有一份影片檔，點開檔案前，我忽然不安起來。

「只是表達友好的話，需要做到這種程度嗎？」我問蘇亭山。

「這是師父的意思，她受不了你們和地府再胡亂稱呼我派是耿先生或鴻都客傳下來的法術了，耿姓女子只是古時某個違反我派規矩被破門逐出的三流弟子而已，再說我派自古不事君王，被張冠李戴亂傳一通，還不如留下史實記錄。」術士道。

「誰教你們低調到連個門派名字都沒有。」玫瑰公主插嘴道。

「嚴格說來，曾經有過一個正式名字。」蘇亭山輕聲說。

「爲何現在不用？」我問。

「如今名不符實了呀！」

「到底是什麼名字？說就說有必要那麼忌諱嗎？」許洛薇按捺不住催促。

「『都鬼主』。」蘇亭山說出這三個字時，我渾身一涼，寒氣輕輕拂過全身。

「是這樣寫嗎？」我拿筆在便條紙上重複寫下「都鬼主」三字確認。

「沒錯，剩下的請師父親自解釋更好。」術士方說完，影片自動播放。

畫面裡出現那日驚鴻一瞥的中年ＯＬ女子，這次她穿著家居服裸足放下長髮，神色平靜端著一杯紅酒坐在沙發上，不知爲何，這股落差讓我有點心癢。

許洛薇目不轉睛地嚥了嚥口水，看來和我有同感。「是我的錯覺嗎？你的師父好魅惑。」

「那是都鬼主的特色，習慣就好。」蘇亭山聳肩。

於是蘇亭山的女師父便款款爲我和許洛薇上了一堂課，內容很正經，我彷彿回到大學時的藝術史課堂，反而沒有太多驚訝。

都鬼主說，她的法術可上溯至殷商，在商朝與周朝，或者由法術的角度來說，「巫」與「史」兩大政治集團鬥爭中，以特定巫師爲核心，崇拜原始鬼神的一方落敗，組織化的宗教勢力開始抬頭，「天道遠，人道邇。」這句話完美地解釋時代走向，即便幽深奧祕的鬼神也變得人模人樣，甚至由人封神廣受祭祀。

某個大巫隨著殷商後裔輾轉往西南遷徙發展，那是個中國地府制度還未普及的時代，偏遠聚落中管理死人和魂魄的巫者被稱爲「鬼主」，和部落首領各司陰陽。

都鬼主有兩個含義，其一是統帥眾鬼主之人，其二，眾鬼之主，鎮魂役鬼能耐是今日的我們難以想像的全能，都鬼主既是人又是鬼，調和生人與死者之間的衝突，維持平衡。

「很長一段時間裡，都鬼主地位和中原的都城隍平起平坐，還定期聯誼哩，用陽間的官位說法，相當於獨立州長，耿派鬼術這等可笑稱呼，不過是陰間晚輩不明歷史的胡亂猜測。至於這段歷史爲何被官方刻意埋沒，倒非無法理解，你們讀書不也學到台灣過去充滿一堆化外之民？但事實果眞如此嗎？呵……」散髮女子啜了一口酒液，欣賞杯中殷紅。

「當天庭治下的神明來到吾等轄區，魂魄被納入新的死後體系，活人接受外地宗教信仰，不被需要的鬼主們漸漸退出舞台，最後一批鬼主自身也成爲地方神明供人祭祀，就如同那位溫千歲般，這些小神在雲南地區被稱爲『白主』，這詞兒可像是鬼字少了人？相關例子星散各地，至於代代獨立傳承的都鬼主則沒了用武之地。」

我忽然懂了「九獸」這種巨型式神的用途，因爲都鬼主必須控制鎮壓成千乃至上萬的精怪鬼魂。後來堂伯告訴我漢族有「方相氏」的制度傳說，亦是以鬼治鬼，被稱爲方相氏的奇妙存在反而是類似九獸的凶惡怪物。

到了今日，蘇亭山的法術流派雖然持續傳承都鬼主訓練，該門術士卻鮮少再提起這個稱呼，時過境遷，這年頭術士自稱都鬼主，就像上街廣告「我是羅馬皇帝」一樣，所需恥度不是普通地高。

「師父對我做過的事，比如安魂，在嬰兒死亡率極高的古代，把還有救的死嬰肉體和魂魄相融對都鬼主來說是很普通的工作，只是難度高，一般鬼主做不到，算是都鬼主的看家本領，拼湊一下至少能活個十來載，勉強夠傳宗接代，畢竟勞動力很寶貴。可惜對地府來說，都鬼主就是違反倫常的旁門左道了。」蘇亭山在影片空檔追加補充，刷新我們的人生觀。

「聽起來很有惜物精神，該不會你在神海集團時用來騙大家的精神病替身也是這樣弄來？」許洛薇暫停影片質問。

玫瑰公主對自己也被術士騙過去這件事耿耿於懷，只能說中間牽繫著學霸與學渣之間永恆對立的深沉情緒。

「洛薇妹妹是指趙仁裕先生？誤會誤會，他本來就是精神病患，只能說沒有我控制他的魂魄並提供經濟奧援，他恐怕會一路惡化到連大小便都無法自理，我在扮演聞元槐的過程中，等於替他設定一個新人格，趙仁裕會以為比較不好的日子是在作夢，至少病人得到緩衝，還能自理生活。」蘇亭山傾身對趴在我肩膀上的許洛薇說。

「你想說自己是好人嗎？你犯法也是他進去監獄蹲。」許洛薇馬上回嗆。

「哥哥我沒那麼矯情，但對趙仁裕來說，被我利用似乎不能稱為壞事吧？都用了十年的替身，算是老朋友了，不是每個病患的親人都能負擔照顧責任，何況許多時候想要放棄自我喘口氣的是趙先生。」

蘇亭山一字一句都敲在我心臟上，我曾對許洛薇說願意分享身體，背後到底有無逃避現實的私心，自己也不能確定，或許在旁人眼中已經很明顯了，許洛薇才會氣到用我的身體親主將學長，根本是惡意斷我後路。

都鬼主的影片不長，沒有任何法術表演，說話的是一抹不知年歲本名的舊精魂，附在生理年齡將近五十歲的ＯＬ身軀，即便在電視上公開放送也不會有人相信是都鬼主本人現身說法，的確就是一份單純的存在記錄。

「地府會怎麼對待你和你師父？」我問術士。

「這可說不準，不同陰間規定和管理者作風有別，以台灣本島來說就有十三位城隍，還沒計入妳的石大人。大致上敵對與忽略占三七開？但我們不在生死簿上，地府只能管理以他們的本事管得起的魂魄，那可不代表所有人魂。」蘇亭山笑嘻嘻地說。

許洛薇也在地府管轄之外，我看她對這件事倒是很開心。

「反正都鬼主將要失傳，家師便是看開了才拍個影片紀念，地府恨不得我們早點消失，誰教都鬼主管理幽冥的資歷更早。」

「失傳？」我聽到話裡的關鍵字。

「家師唯一弟子是我，還爲了養大我違反不少祖宗規矩，她自我懺悔不打算再傳承，因此我不會接受都鬼主的試煉也不會成爲新的都鬼主，更加沒興趣。」蘇亭山說。「擔個虛名根本不符合經濟效益，都鬼主不再有眾鬼跟隨，時代不同了。」

「傳統工藝的沒落，好寫實啊！」許洛薇愣愣地發表感想。

「所以你上次幫神海集團打造的地下宗祠和祭祖方法，其實是業界良心嗎？」我問。

術士祖先朝我眨眨眼睛，「當然，物超所值呢！」

蘇亭山說，要是因爲惡搞白峰主那件事不幸落網，就用傳說中的商代王族規格祭儀法術引誘神海集團掏錢求他繼續幫忙，反正沒在怕。

聽著聽著總覺得抓狂也是白費力氣。

「陰間陽世肯定有不少人覬覦我們的法術知識，家師認爲，蘇家掌事者甚是明理，合作起來不虧，我和蘇湘水是兄弟，即便他出生當天我就被殺了，到底也是弟弟的後代，晴艾妹妹更被蘇福全那惡鬼攻擊，都鬼主的徒弟再不出手，面子還能往哪擱？」蘇亭山冷不防提出邀約：「晴艾妹妹若拜我爲師，我能教妳許多有錢也買不到的珍貴法術哦！」

「等等！你師父不是說不傳承了嗎？」我沒想到話題出現大轉彎，差點翻車。

「所以我終於可以開山立派還不會被師父打死了，很好。」蘇亭山表示危機就是轉機。

我默默猜術士忘了崁底村還有尊等著打死他的溫千歲，這個內部矛盾讓我頭又痛了起來。

「你先幫我查出來當初躲在學校裡提示許洛薇，我三個月後會被冤親債主殺死的情報來源到底是何玩意？確認答案就好，不要動手。另外，我的補償要比許洛薇多三倍。」我在找回許洛薇的過程中頻繁使用ＡＲＲ超能力落得半死不活，這怨念可不會隨便消散。別的高人我還會不好意思，跟自家祖先客氣個啥？紅包拿來！

「我再大妳五倍。」許洛薇嚷嚷。

「唉，這就開始使喚我了嗎？也罷，本人就牛刀小試讓晴艾妹妹心服口服。」術士大方答應了。蘇亭山並未正面評論殺害自己的凶手，是他沒有相關記憶抑或不願承認這個事實？總之這個術士和堂伯一樣瞧不出深淺。蘇靜池是現任族長，蘇亭山卻是輩分最大的祖先，誰都不願屈居對方之下，但堂伯還得幫這個愛搗蛋的祖先善後，神海集團那邊想要再查「聞元槐」的下落，恐怕要遭蘇家制肘了，果然是「有關係就沒關係」的典型案例。

術士留下記錄光碟後正欲告辭，我連忙攔住他。「慢著，你現在住哪裡？」

我受夠這傢伙的神出鬼沒了！

「這房子後面隔一片水田的透天新農舍，昨天剛搬進來，晴艾妹妹要幫我整理行李嗎？」

蘇亭山彷彿就等我問出這句話，露出狐狸般的笑臉。

術士兼祖先的新巢穴，必須探勘！雖然得做白工。我沒掙扎太久，就是有點無力。

「你搬到我們家後面想幹嘛？憑什麼你能住漂亮新房子！」第二句才是許洛薇的眞心話。

「就憑哥哥我有錢囉！」

「還不是陶爾剛的錢！」我不屑道。

「那些髒錢可不能說是陶爾剛腳踏實地賺的，想成他還給都鬼主的性命折價欠款和保護費，我都覺得自己在做善事了。」蘇亭山用指尖拂過電腦螢幕上定格畫面的女子臉龐。「何時想來我家玩就對著這兒的北面庭院牆壁說話，我聽得到。」

許洛薇還來不及爲術士在她家牆上做手腳的事發作，蘇亭山先下手爲強補充：「有髒東西靠近這屋子也瞞不了我。」

不花錢的高級保全！我和許洛薇在心裡飛快計算蘇亭山比惡鬼還惡鬼的收費標準，只能乖乖接受他的超値免費服務。

再也沒有比受害者親自報仇要公平了，當初掉入糞坑溺死的三歲稚子，如今已是捲土重來的強大術士，將冤親債主讓給蘇亭山去處理，能夠專心保命和調查許洛薇死因對我來說是求之不得的好事，我卻始終感到不安。

Chapter 02 / 葉伯的任務

「小艾小艾，快來看！超誇張的！國慶日大新聞！新北市傳出滅門慘案，凶手挾持人質逃亡！」玫瑰公主一路大呼小叫從客廳直上二樓，正在用遊戲狂學弟的分身帳號替他打材料的我被嚇了一跳。

自從在佷宅裡利用網路遊戲破關技巧繞過佷鬼的威脅，我不禁幻想，網路遊戲裡說不定潛藏著更多能讓我學以致用的戰鬥手段，畢竟「信長之野望」裡面有不少怨靈系妖怪，再說，線上打怪賺錢順便開聊天頻道聽聽玩家陣營八卦總比抄佛經要有趣多了。

「小艾妳又在玩網路遊戲喔？乾脆買一個自己的帳號算了。」許洛薇說。

「不行，買了就會想一直玩，用學弟的帳號才會節制。」我馬上登出遊戲。

「剛好，我正要和妳說件事，現在下樓電視也播完了，妳直接上網查。」許洛薇熱衷特殊刑事案件，從以前就是個犯罪推理迷，按照她的說法，台灣難得有這種可以拍成電影的大案。

孩子，妳都是紅衣女鬼了還嫌日子太無聊嗎？

許洛薇見我意興闌珊，乾脆直接找出網路新聞要我看完。

凶手是特種部隊退伍從事保全業的四十五歲男子，昨日傍晚忽然殺死妻兒並擄走來找同學的高中少女逃亡，警方正呼籲有見過通緝犯的民眾提供線索，新聞則是今天早上才上報。

不消說，輿論立刻沸騰，偵查不公開原則也頂不住了，警方一方面擔心刺激凶嫌，一方面這犯人似乎比想像中要難纏，最關鍵的是，凶手帶著人質一味逃跑，沒提出任何要求更沒被逮住蹤跡，目前全國居民人人自危。

今天還沒關心社會脈動的我則在許洛薇提醒後，才知道台灣又發生重大刑案。

「小艾妳老家不是有很多人和警界有關係嗎？應該有人知道八卦吧？問嘛問嘛問嘛～」玫瑰公主不停塞奶。

「我堂伯情報費很貴的。」

「誰要妳問他了？還有別人呀！找小潮他一定有興趣！」

蘇星潮是蘇家雙胞胎裡的哥哥，體弱多病卻古靈精怪，今年才十一歲，和弟弟都是註定早夭的命，但蘇星波有堂伯折壽還能保證活到二十，對於蘇星潮的情況我們卻束手無策，只能根據某個城隍預言他是替父親抵命才降生的內容預測，小潮會在蘇靜池遇到大難時犧牲。

即便如此，我仍希望那對雙胞胎平安快樂地成長。

「妳想給未成年小孩看十八禁？」我急問。

「小潮早就看到不想看了好嗎？他不知道何時會猝死，想把八十歲的份盡可能趁來得及時體驗，十八禁算什麼？」許洛薇不以為然道。

我啞口無言，許洛薇趁機打開通訊軟體。蘇家雙胞胎不能離家，尤其蘇星潮除了睡覺時間，幾乎都在線上吸收知識新知，據說家事都打發弟弟去做，我依稀明白小潮和許洛薇合得來的理由了。

小潮精緻可愛的臉孔果然馬上就出現在視訊畫面中，實在看不出是男孩子，我無意間又想起他和蘇亭山魂魄長得很像的事，甚至也和溫千歲有幾分神似，都有蘇家人的特徵……顏値遺傳也有分高低端，明明祖先們大多男帥女美，我卻剛好遺傳到粗勇類型，只能說我比較像爸爸。

「小艾姊姊～」小潮立刻給了我們兩個大大的飛吻，電腦二十四小時被家長監控中，他不能正大光明和許洛薇打招呼，卻知道許洛薇在我身邊看著。

我在許洛薇不斷催促下，不得不擔任玫瑰公主的傳聲筒。

小潮可愛地偏頭道：「我一看到新聞就問爸爸了，但他說這件事和蘇家無關，知道的情報不多，不過他說警方在這案子上不會留手，凶手一定很快就抓到了。」

「爲什麼？」我問。

「因爲遭綁架的人質是立委的女兒。」小潮公布謎底。

不愧是蘇家第一孝子老爸，關鍵八卦對兒子就給得這麼大方。從小潮轉告的口吻聽起來，人質身分在警方內部倒不是祕密，果然有破案壓力。

「我就奇怪以記者的嗞血，警方又呼籲民眾提供線索，怎麼死都不公開人質照片方便民眾辨識，原來如此。」許洛薇評論道。「警察知道凶手爲什麼要殺死自己的家人了嗎？」

「恐怕得抓到凶手審問後才知道，無論如何，凶手精神狀態肯定不正常了，新聞上是說，警方正在調查遇害的妻子是否有外遇對象，如果妻子的背叛是導火線，凶手下一步應該是找姦夫復仇，警方就能針對這點提早埋伏。」小潮說。

「警察雖然沒創意，不過鼻屎大的理由都能殺人了，他們這樣猜也很合理啦！」許洛薇搧著手。

「遇害的女兒和人質是好朋友，警方調查通聯記錄發現她們說好一起去旅行，立委的女兒就請司機順路來接受害者，結果到達現場後司機被打暈，立委女兒則遭綁票，凶手沒多久就棄車逃亡，沒辦法從車輛追蹤。我知道的就這麼多了。」小潮聳了聳肩。

「無論凶手打算殺姦夫還是畏罪逃亡都沒必要拖無辜女學生下水，他又不打算擄人勒贖，最終被逮到還會罪加一等，這傢伙眞的瘋了嗎？」我說。

「搞不好……凶手在殺人後精神錯亂和懊悔之下，把正巧出現的高中女生當成女兒的化身了，否則以他的背景和身手不帶累贅更可能逃掉。」

我把許洛薇的意見轉達給小潮後，他表示贊同地點了點頭。「現在也只能祈禱警方盡快逮住他了。」

「丁鎮邦會不會也加入搜捕行動？」許洛薇托腮姿態慵懶，冷不防拋出這個問題。

「新北那麼大，主將學長在山區派出所，再說，刑案是刑警在管的，根本輪不到他。」我翻了個白眼。

「有最新消息記得通知一聲！」玫瑰公主得到新聞上沒有的內線情報，暫時滿足了。

這時我們單純只是關心這樁駭人案件新聞，祈禱人質獲救，凶手早日落網，卻沒想到冥冥之中早已絲網密布。

□

同樣的國慶日下午，已經是我第四天聯絡不上殺手學弟，柔道社那邊也說他好幾天沒現身了，想起主將學長之前被冤親債主附身失聯的記錄，我趕緊又撥打葉伯手機，其實昨天葉伯的手機也打不通，本以為他太忙，不以為意，如今爺孫倆同時失聯，我一下子如坐針氈。

「直接打王爺廟的電話確認吧！」許洛薇建議。

葉伯就在蘇家大本營崁底村裡當桌頭，早上才和小潮視訊過，蘇家族長更是把全村芝麻綠豆大小事都握在手心，要是葉伯出事，小潮不可能像平常一樣。

接電話的是王爺廟的青乩之一小高。「蘇家大姊？怎麼忽然打電話來廟裡？」還是未成年人的小高不知何時起堅持這樣叫我，每次我去廟裡總是倒茶送零食忙得不亦樂乎，過了很久才知道小高希望我能教他幾招通靈密技，我誠懇地建議他抄經加跑步，如果信仰偏道教可以抄南華經之類。

「我想請教葉伯的消息。對了，葉世蔓有沒有到過崁底村找他爺爺？有的話你最後一次看到他是多久以前？」我靈機一動問。

「師父十天前說老家有事回澎湖，廟裡暫停問事，吩咐我們除非事態緊急不然別去打擾黃先生，他孫子五天前有來過，好像不知道師父已經回老家，聽我們說完以後也走了。」黃先生是水電工大叔兼王爺廟正牌乩童。

「我堂伯知道這件事嗎？」

「蘇先生當然知道了，他還特地過來告訴我們，如果遇到事情應付不來，可以直接找他。」小高語氣透露崇拜。

看來葉伯有向蘇家族長打過招呼，當眞請假回老家去了。其實他年紀那麼大，應該是更想落葉歸根才對，卻長住在崁底村全天候管理王爺廟瑣事，除了使命感以外大概也是放不下在本島求學的殺手學弟。

換句話說，葉伯返鄉探親訪友處理私事根本天經地義，而殺手學弟了解情況後鄉愁發作跟著回澎湖也理所當然，就是兩人都斷了音訊這點讓我摸不著頭腦，總不會是手機同時掉進海裡了？有時候也會逃避現實放著手機不充電的我，非常理解不想接電話和熟人應酬的心情。

蘇晴艾，少找藉口了，拒絕他的追求那麼多次，殺手學弟不接我的電話，有啥好意外？誰的心不是肉做的？

手機鈴聲響起，巧得很，殺手學弟居然在我最煩惱的時候回電了，得好好唸唸這傢伙，就算不答應當女朋友，但我還是他鐵打的學姊啊！

「小艾學姊……」殺手學弟沙啞聲音幽幽傳來，透著明顯的疲累。

「葉世蔓，你知道我打了多少通電話找你嗎？你到底消失到哪裡？學校怎麼辦？不用上課？還有柔道社呢？」我越說越生氣。

「我阿公不見了。」

我愣了好幾秒，「怎麼回事？」

「學姊，在電話裡說不清楚，妳可以回崁底村嗎？我現在在王爺廟。」殺手學弟有點遲疑地補了一句：「不方便的話就算了，我再想其他辦法。」

「怎麼可能不去！你多久沒睡了？先給我去睡覺，我和薇薇馬上趕回去！」

掛了電話，我立刻打包行李，把小花關在屋內，留了張紙條請戴姊姊幫忙照顧，隨即帶著許洛薇搭乘最近的一班火車趕回崁底村。估計也沒能讓殺手學弟睡上幾個小時，他得提早出發來車站接我，經過和主將學長在山區公路被惡鬼加魔神仔伏擊的慘痛教訓，我回老家再也不敢搶快了。

出車站時天色已暗，我忍不住摸摸口袋裡的淨鹽，還好今天走的是我從小到大年年搭火車返鄉的熟悉路線，應該沒啥問題，殺手學弟已等在外頭，平日爽朗愛笑的五官相當凝重，眼下青翳明顯，目光卻灼灼有神，看來有把我的建議聽進去多少休息過了。

上了殺手學弟的重機，許洛薇縮小躲在我的衣領裡，最近日夜溫差大，冷風吹得我頭髮飄飛，殺手學弟騎得很穩，車速也不快。

這台約四十萬的黑色重機也像殺手學弟的化身，初相識時還害我誤以爲他是富二代，其實是殺手學弟用從小存到大的壓歲錢以及信徒給的紅包買的，據說是小時候好多神祕聲音都對他叮囑過，男人要有一匹好馬（？），所以從小殺手學弟就非常執著地跟著阿公過省錢的日子，把錢都攢起來，還到處打零工，仔細回想，殺手學弟追到夢中情人的過程中這匹戰馬應該出了不少力。

如今單騎闖天涯，卻從沒聽他抱怨過。

「可以說了吧？葉伯爲何失蹤？」

「我打不通阿公的手機，聯絡廟裡才知道他請假回澎湖，打澎湖老家的電話，他卻不在祖厝裡，問親戚也沒人知道。」殺手學弟謹愼起見先到崁底村拜訪王爺廟，廟裡的人一問三不知，於是他又找上蘇靜池，畢竟葉伯當初會被從澎湖挖角過來，就是拜蘇家族長之賜，再說蘇靜池也是葉伯檯面上的雇主。

「我堂伯總該知道吧？就算與他無關，他也不能容忍眼皮下發生無法掌握的事情。」我說。

「蘇靜池先生說他不清楚來龍去脈。」殺手學弟回答。

出乎意料的是，蘇家族長所知也僅止於葉伯口頭上的請假理由：老家有事需要回去處理。蘇靜池無異議接受。

「蘇先生透露，這是葉伯當初願意接聘書唯一的條件，當他有事要回老家時，蘇家不可過問也不能干涉。但我想會讓阿公緊急回去的原因，最有可能的應該是……」「媽祖娘娘！」我、許洛薇和殺手學弟異口同聲。

在火車上時我就和許洛薇商量過了，身爲媽祖娘娘御用乩童的葉伯從殺手學弟小五開始訓練他當接班人，孫子卻在高中時放棄這項使命，仔細算算葉伯退休也沒幾年，要是澎湖天后宮那邊繼任的新乩童頂不住突發狀況，葉伯臨時被call回去救火其實不太令人意外。

殺手學弟也是這麼想，他立刻買了機票回老家。

「我從小到大就遇過好幾次阿公去幫媽祖娘娘辦差事，半個字都不說，也不知道他去哪裡，可是從未超過一個禮拜還沒消息，我去娘娘那邊問過阿公下落，娘娘沒回答我，廟裡的長輩說，阿公事先吩咐，如果我回澎湖找他，要我千萬不能報警，乖乖等他回來，這句話的意思就是媽祖娘娘派任務給阿公了。」殺手學弟就這樣被拖延將近十天還是對葉伯行蹤一無所獲。

「你其他家人知道這件事嗎？」我沒聽殺手學弟提起葉伯以外的家人，說不定因爲他出櫃而關係不好，柔道社的人沒說過殺手學弟是孤兒，我之前的印象也是他應該雙親健在。

「我三歲時爸媽離婚，是被阿公養大的，我爸去中國做生意，十幾年沒回來過，已經定居在那邊也結婚有小孩了。總之我沒問，阿公也沒說。我爸認爲阿公當乩童很丟臉，覺得他腦袋不正常，我討厭那個男人，他想把我接去中國時我還躲到無人島，幸好他後來娶的女人不想要拖油瓶，我留在澎湖可開心了。」殺手學弟看著前方輕聲描述。

葉伯不是普通的乩童，他是乩童裡的ＡＣＥ，王牌中的王牌，連不同派系的法師道士都會私下請他幫忙，也因此葉伯這一生幾乎都離不開通靈工作。這些委託大多是義務奉獻，信徒塞的紅包常被他捐給老病困苦的鄉民，不消說，葉伯在地方威望非常高，小雜貨店的生意不錯，足以應付基本開銷與兒子學雜費，但無論是戒嚴時期或經濟起飛，葉伯簡樸的生活總是老樣子，妻子受不了因此離開，和獨子的關係也不太好。

「阿公以前就常常說不放心娘娘那邊沒有可靠的人奉祀。童乩何其多，娘娘是不用替身的，可是就連代表來傳話，乩身往往也接得不好，有的乩身做個幾年就不行了，開始亂演或偷偷幹一些壞事，阿公還要想辦法把人弄走。還有像我這種剛出師就放棄的不肖孫子。」殺手學弟自嘲。

「阿公常對我說，不要以爲澎湖小，光是看得到的島就那麼多，看不到的，更亂。媽祖娘娘不是只要煩惱活人的問題，阿公不隨便在信徒面前通靈，是廟裡的人接到案子再轉給他，別的乩童法師處理不來的也找他。澎湖最多是王爺廟，簡單說都是武神，是軍事重地啊！他就像媽祖娘娘的傳令兵。」

「難怪葉伯身手那麼好。」我感歎道。「接替葉伯的乩童做得來嗎？」

殺手學弟搖搖頭。「我不知道，阿公說我沒資格過問。但，原本是娘娘體恤阿公命令他退休，事到如今怎麼又會找阿公呢？」

「薑是老的辣吧？」這一點我毫不懷疑。

「要說情況緊急我相信，所以我才擔心阿公，他年紀也大了。我在澎湖到處打聽卻沒有阿公的消息，看起來是不在澎湖，但他會去哪裡？不能排除他搭舢舨船出海到無人島，我以前常跟阿公到很多奇怪地點祭拜無形存在和五營兵馬，還坐過不用自己搖就會動還能逆流前進的大目艇。」殺手學弟稍稍加快車速，我把車尾抓得更緊，沒去摟他的腰。

許洛薇問我可不可以變回翼貓原形跑在殺手學弟重機旁邊，我否定這個無聊的提議。

「你在電話裡說一聲，我用ＡＲＲ超能力幫你找葉伯就好了，幹嘛特地要我跑這一趟？」我不解地問。

殺手學弟忽然在路邊停車，脫下安全帽驚駭地看著我。「我沒有要學姊動用那個危險的超能力，只是溫千歲和石大人都不理我，至少王爺那邊說不定會對學姊透露一點消息，想拜託妳幫我問問。」

「我現在的能力有比剛發作時穩定啦！」

「我記得學姊在薇薇學姊被綁架的事件後，就沒有再使用過超能力，那次妳休息了快一個月才能走路。難道之後妳還有偷用超能力？」殺手學弟立刻追問，大有馬上打電話向蘇靜池報告的態勢。

「沒有啦！我是說感覺！感覺！現在我用出ＡＲＲ超能力應該能控制得更好，這段時間以來還未失控發動過就是證據。」我連忙解釋清楚。

「這點時間能進步多少？」從小苦修到大的殺手學弟一副老江湖的表情不以爲然，我不像他有床不能睡要睡神桌下，動不動就被葉伯關小黑屋，聽說還要被香燙。

「眞的有這麼難練嗎？阿克夏記錄開閱者。」我抓抓亂蓬蓬的頭髮。雖然堂伯掛保證這種超能力的養成之困難，我還是將信未信，也許一兩年後祕密結社得到堂伯更多報告，又會改口其實當初他們搞錯了，我就是一個頻道比較寬的靈媒。

「阿公有幫妳向神明打聽過那種超能力，包括蓮花燈的事，祂們全部三緘其口，只說不適合做乩童，不要隨便出家。」

敢情還怕我偷看到不該看的？我無言。和眞正的乩童相處過，就會知道，比起通靈成敗，葉伯和殺手學弟都更強調意志力和品行正當，那些近乎虐待的考驗就是證明乩童爲神明辦事的覺悟。

殺手學弟資質絕佳，訓練之路過關斬將不在話下，照理說不是非常虔誠哪肯吃這麼多苦呢？結果殺手學弟居然表示他一直都是玩票性質接受葉伯的特訓，按表操課和鬼神溝通，葉世蔓的確通曉乩童該有的規矩與能耐，因此他清楚沒有繼續擔任乩童才是對神明的尊重。

「正神不會想用我這種沒誠意的媒介，反而邪靈很愛，倒不如趁早讓功夫鈍掉，以免走火入魔。所以，我沒辦法自己問神明阿公到底出什麼任務？」殺手學弟的表情有點憂傷。

「聽你這樣說我豈不比你更沒誠意？」

「小艾學姊沒必要像乩童一樣流血流汗，妳的情況太神奇了。」殺手學弟很認眞地說。

我不想在昏暗的路邊對話，示意殺手學弟快點趕路。

「溫千歲沒反應表示任務還在持續中，天機不可洩漏，是這個意思？如果找葉伯去的不是媽祖娘娘而是某個邪靈，早就被溫千歲踹掉了。」葉伯本身順利出行就代表崁底村本地神明也認爲任務來源沒問題。

「我原本也是這麼想，打算當面討個保證，媽祖娘娘沒給我任何允筊，全部都是笑筊，這一點很奇怪，只是問阿公是不是眞的正替祂辦事才暫時不見人影，娘娘大可回我一句沒錯，爲何祂不願意？」殺手學弟說。

聽殺手學弟這麼說，的確是令人緊張的謎團。

抵達王爺廟後，我遲遲召喚不出溫千歲，許洛薇自告奮勇幫我找，卻連王爺兵馬都消失無蹤。

「那瘟神的手下就躲在附近，要我趕他們出來逼問也可以，不過，眼下這態勢擺明是不想理我們吧？」許洛薇準備秀肌肉了。

我檢查辦公桌抽屜，期盼葉伯曾留下線索，可惜一無所獲。

這晚我們就在葉伯住處歇下，殺手學弟去睡他阿公的房間，將乾淨客房讓給我和許洛薇。

第二天，我們改進攻石大人廟，不意外又是碰壁。殺手學弟抓亂短短的劉海，一臉懊喪。

「反正都來這裡了，去祕密海灣放鬆逛逛吧！」方才在廟裡就一直盯著沙盤的許洛薇說。

石大人廟的石沙盤是黑底白沙，用的貝殼沙就是取自附近一處被地形隔絕的小沙灘，海灣兩側被峭壁夾住，大大小小的礁石發揮消波塊效果，近岸處形成潟湖和少許沙地，一旦漲潮就會完全淹沒，像是一個小口袋，出入祕密海灣必須經過私人土地，一般觀光客往往不知有這處被遺忘的樂園。

「其實當地人都禁止小孩子去那裡玩，因爲那邊潮位差很大，漲潮時沒地方跑，很容易被海浪拖出去，捲進礁石邊的暗流就完了，會游泳也沒用。爺爺把通往祕密海灣的林地買下來封路禁止外人出入，這事我也是前陣子在老家療養才聽村民說的，那邊以前淹死過不少人，現在這片土地應該歸我堂伯管。」還是因爲主將學長問起當地景點，我才意外知道這段由來，畢竟祕密海灣離崁底村很遠，更在頂澳村郊外，兒時只被爺爺帶去石大人廟的我根本沒機會參觀。

「哇，那不就是水鬼登陸地點了？」許洛薇就是狗嘴裡只能吐出狗屎的典型代表。

一聽地主是蘇家族長，自己人不怕被追究，許洛薇更堅持要去玩水了。

殺手學弟大約是不好意思把我們拖下水，目前情況膠著無計可施，乾脆積極應和許洛薇，我拿他們兩個撒嬌能手沒辦法，身為本地人卻從來沒到過如此傳奇的地點令我有些沒面子，加上私人道路又是堂伯在管，這一點大大催發我們的違規興致。

高低起伏的狹窄土路顯示我們正在翻過一處小山頭，植被之茂密完全看不出前方就是大海，在迂迴濕滑的山徑上又走了將近十五分鐘下坡路，忽然踏上沙岸。

「我還以為都是漂亮的白沙呢！」許洛薇很失望，本來就狹小的沙灘，還累積了一大片厚厚的漂流木，地上沙子混著黑色，看來是城隍廟廟公陳叔撿拾漂流木製作護身符的地方。

不遠處的淺水裡總算看見較多白沙堆積，許洛薇歡呼一聲，露出妖怪原形往前衝，歡快地在只有小腿一半深的海水裡跳來跳去。

這幅畫面不知為何令人覺得熟悉，我晃了晃頭，跟在許洛薇後面走到水際，頭頂灑下細細的陽光。

閉上眼睛，感覺海風吹拂臉龐，我正要開始感應，手腕忽然被人用力握住。

「學姊妳想做什麼？」

我睜眼，看見殺手學弟充滿戒備地望過來。

居然被發現了，只能說殺手學弟的警覺能力也是很靠近主將學長和刑玉陽的等級。

「我要找到葉伯。」我說。這不是請求句。

「我不要又看到學姊坐輪椅。」他拉下嘴角。

「只有一下子不會透支啦！都還不確定能不能發動。」我想了想，換了個形式安撫他。

「學弟，你能放棄不去找阿公嗎？」

「不能。」他應得斬釘截鐵。

「我也是，只要某個念頭一直放不下，阿克夏記錄開閱者的能力就會不定時發作，那還不如趁旁邊有值得信賴的人試試，總比落單的時候不由自主感應要好。」我依稀想起久違的繪畫靈感，阿克夏記錄的衝擊和畫畫有點像，爲何能畫出來，如何能看見，兩種感覺很相似，可以說，祕密海灣帶給我靈感了。

「反正擁有這種超能力已經夠衰了，還有比拿來找葉伯更划算的用法嗎？」我拍掉他的手。

「謝謝妳，學姊。」殺手學弟有點哽咽地說。

我再度閉上眼睛集中精神，努力再努力，卻始終不得其法，那股虛無飄渺的靈感愈發微弱，即將消失。

一疏忽，許洛薇越玩越靠近外海方向，我趕緊大叫要她回來。妖怪魂魄被海捲走回不回得來我不知道，但我一定沒本事去救。總覺得站在海灣岸邊往外望，那個世界變得更近了，說不定在這裡想打開阿克夏記錄會更容易。

「薇薇，幫我護法。」

「好啊！」許洛薇垂下她那張大大的貓臉說，乖乖在旁邊坐下來。

玫瑰公主大概是唯一一個高興我覺醒超能力的傢伙，許洛薇就是宿命與奇蹟的信徒。

我走進海水，想了想，又往前幾步，來到潟池最深處，水深及膝，水裡有些斑斕小魚游來游去，浪花在不遠處來來去去，身畔水面卻很平靜，映著頭頂那片微雲的天空，不知怎地讓我心癢癢的。

「應該要躺在水裡。」我自言自語。

「妳確定？」許洛薇問。

「反正有沒有效馬上就知道了，你們看著辦，別讓我淹死就好。」一個奇怪念頭浮起，我此刻碰觸的海水正連接到全世界海岸，以及這顆星球上至冷至深的神祕深淵，說不定可以當成導體。

捏著鼻子躺進水裡，海水沒我想像中的冷，反而有點溫暖。我打定主意憋到沒氣就起來呼吸，預期可能要反覆嘗試許多次，沒想到還不到五秒我立刻全身無力，被強烈朦朧包圍。

一股湧流將我舉出水面，又來了，那種分不清是走路飛翔還是漂浮的移動感，漸漸化爲規律的顛簸震動，意識像是乘著浪花變成的馬兒奔馳在大海上，須臾我又看見一片海岸，視野卻停在離岸邊有段距離的海面上，再也無法前進寸許。

然而，這段距離已經夠我看清楚岸邊人影，葉伯對著空曠大海喃喃自語——帶著花香的海風忽然颳過，葉伯睜大眼睛，整個人彷彿年輕了五十歲，表情充滿孺慕、歡喜與急切，接著他忽然朝我看過來！

心臟差點跳出喉嚨！這是阿克夏記錄不是現實，葉伯不可能看見我！然而，我卻產生錯覺，或許有個人曾在此處位置凝視著這一幕。仔細跟著葉伯視線角度調整，我才發現腳下不知何時漂著一個約三十公分長的木匣，葉伯發現海上木匣了。

接著那木匣很不科學地朝葉伯直直漂過去，葉伯拾起木匣，臉上淚水蜿蜒。

嘩啦一聲，我被殺手學弟抱出水面，海風吹著濕透的全身，冷死了！

「學姊，不要再看了。」他憂傷又無措地凝視著我。

我看著殺手學弟不到一秒，雙眼立刻感到強烈的痠澀，哀叫一聲：「眼睛好痛！」

「廢話，小艾妳剛剛躺在海水裡，呆呆看著天空就算了，還沒吐泡泡，樣子有點恐怖耶！」許洛薇說。

殺手學弟不顧我想下來自己走的意願，硬是抱著我往岸上移動，我則仿效海龜不斷努力擠出淚水企圖沖淡眼裡的鹽分。

一上岸，殺手學弟立刻從掛在樹枝上的小背包裡拿出礦泉水打開遞給我，我趕緊將水往臉上倒，這下總算舒服多了。

「別揉眼睛，萬一被細菌感染就糟了，等等路上再買瓶眼藥水來點。」殺手學弟不厭其煩地叮嚀。

「知道啦！我剛剛能力發動多久？」

「大約四十秒，學弟就直接把妳撈起來了，他說妳都沒呼吸，怕妳出事。妳有哪裡不舒服嗎？」許洛薇問。

「很累，眼睛很痠，其他還好。」這好像是我第一次認真發動ＡＲＲ超能力成功，而且沒產生嚴重副作用，我隱隱約約明白可能和在水中感應有關，可惜這種能力增幅方式如果沒人護法還眞是危險。

「那妳看見什麼了？」許洛薇緊迫盯人一會兒，確定我的確沒事才接著問。

此時我們正折返趕路中，除了自己的外套，殺手學弟也把他的外套分給我保暖，但我還是很冷，不只是濕透的關係，大概還流失不少生命能量。我打算先回石大人廟，那兒的淋浴間有熱水可以利用，順便手機聯絡堂伯用最快速度幫我帶一套乾淨衣服過來。

「我看到葉伯站在海邊，海面漂來一個木匣，應該就是媽祖娘娘交給他的任務。葉伯很激動，看樣子是下定決心了。」

確定葉伯的失蹤果然和媽祖娘娘有關，我們都鬆了一口氣，起碼事情的起因是正面的。

「學弟你覺得怎樣?也不能保證我的能力一定對，只是我看見的內容就是這樣。」

「我相信小艾學姊。」他停了停，有點彆扭地說。「不過還是想繼續查下去，媽祖娘娘沒說我不能查。」

「我也支持你查下去，重要親人失蹤哪能聽學姊三言兩語就放棄追查?」我拍拍他的手臂。「先回去吧!我還是得當面問問王爺的意思，溫千歲雖然傲嬌，多盧他幾次就會透露情報了，陰神還是比正神好喬很多。」

殺手學弟因為我的保證面露喜色，許洛薇也跟著露出蕩漾的微笑，大概是想利用如今的妖怪實力對溫千歲一雪前恥。

「學弟，如果有人問起，你就說我是不小心跌倒才把衣服弄濕，懂嗎?」我忽然想到眼前需要善後的小麻煩。

「可是……」

「我的能力是屬於我的，我有權決定要怎麼用。我不想讓堂伯找你麻煩，唔，也許他不會對你做什麼，但如果他懷疑我在海邊動用超能力，我希望他能當面問我，我會親口告訴他，不希望由別人先說。」我非常堅持，殺手學弟只能服軟。

「小艾學姊！」殺手學弟忽然回頭喚我。

正裹著濕衣皮皮挫注意腳下山路的我隨便答了一聲：「怎麼啦？」

「我越來越愛妳了。」他說完，許洛薇立刻興奮尖叫。

「學弟，看在我接下來一段時間要認真幫你的份上，你可以克制一點嗎？」我一個打跌不穩，差點扭到腳。

「我沒有戲弄學姊的意思，但我會聽妳的話乖乖忍耐。」殺手學弟嘆了一口氣。

我起了一陣冷顫，才消停沒多久的殺手學弟忽然又示愛，難道他已經透過柔道社人脈得知主將學長的八卦，或者這兩人私底下有接觸過？反正他們的告白我都拒絕了，理論上主將學長和殺手學弟私下如何互動不關我的事，但我就是不喜歡原本熱血純粹的社團關係可能多出這類風花雪月狗血競爭。

「小艾，看妳的表情一定又是想撇清關係，呸！沒種。」許洛薇不屑道。

「我呸還給妳！沒心思還去介入只是越搞越亂。」我小聲回罵。

「我本來以爲只有丁鎮邦才會對妳執著一輩子，現在小鮮肉學弟我也不太確定了。」許洛薇畢竟深度觀察了主將學長三年，殺手學弟她相對沒那麼熟。

「我說了不想就是不想，這種事強迫不來。」我打定主意不理會許洛薇接下來的任何廢話。

Chapter 03 / 被遺忘的神社

在祕密海灣發動ＡＲＲ能力並因此染上小風寒，當天晚上溫千歲就來罵我了，還好我有先見之明換住到族長小屋，就是爲了讓溫千歲能盡情現身。

「本王早就說過不許再用那個破能力，妳以爲自己是什麼貨色？膽敢窺伺天機？別說修道者，連童乩都不是，廟裡的小黃都比妳好，說妳是信徒還侮辱了那些進香團！」溫千歲蹺腳坐在竹椅上，揮著摺扇對我洗臉一次又一次，可惜王爺嘴上無毛，不然鬍子噴起來肯定很有看頭。

我說不定發現召喚溫千歲的獨門絕招了，就是發動ＡＲＲ能力讓王爺叔叔來罵我，有預感會百試百靈。

「王爺叔叔，我這是預防重於治療，主動感應總比被動好，至少不會夢遊走進海裡，再說就是要找你廟裡最好的貨色葉伯啊！」媽祖娘娘來要人，料想溫千歲也只能吞下去，我就是一個出氣包，祈禱他氣消了願意分享非人類才知道的幕後消息。

「哼，葉枝國是蘇家那小子找來的員工，本王管不著，他愛去哪就去哪。」溫千歲沒好氣地道。

我暗暗吞了下口水，王爺叔叔這話說得口不對心，溫千歲好惡分明，小高小趙這兩個青乩啪數太低基本上被他當空氣，連個綽號都不屑叫；稱呼自家乩童像叫小狗，連本地最高領導的堂伯也被他當成小孩子，這樣一位心高氣傲的陰神王爺居然會好好稱呼葉伯的全名，足以證明全崁底村溫千歲最看重的人就是葉伯了。

「話不是這麼說，倘若眞是正經任務，爲何媽祖娘娘不回應葉世蔓的疑問？給個籤保證葉伯平安也好，說不定背後有隱情，再說，葉伯是一個人單幹，萬一任務中出了閃失……」

「既然葉枝國是接媽祖娘娘的旨就不會有閃失。」溫千歲語氣很硬。

「但是不保證家庭和樂身體健康對嗎？當神明代言人要付出代價，至少是葉世蔓不想接受的代價。葉伯還回得來嗎？」我只從殺手學弟身上看到即將失去重要親人的恐慌，既然比我更熟悉媽祖娘娘和葉伯的學弟都覺得葉伯此行不祥，至少我應該釐清情況。「我看見過石大人臨終前不久的場景，他覺得屍解去當老城隍陰間幕僚的安排很不錯，可是對爺爺和陳叔來說，陳鈺爺爺就是死掉了。」

溫千歲皺眉閉唇不語。

「如果葉伯還能回來的話，媽祖娘娘爲何不肯給葉世蔓保證？」我不用超能力也能看出這份明顯的不對勁，更別提冰雪聰明的殺手學弟了。

「找到葉伯當面確認不就得了？不然葉世蔓會這樣不清不楚地執著一輩子。」許洛薇忽然趴在窗口外插嘴說。

我渾身一僵，許洛薇，妳到底知不知道自己剛剛說出一句多令人傷心的無心之語？

「王爺叔叔，你當眞沒有線索嗎？」我又問了一次。

玫瑰公主宛若柴郡貓般緩緩下沉，只剩半張臉露在窗框之上，還翹著蘭花指語氣風涼：「哎唷！他就是怕得罪媽祖娘娘啦！」

「畜生就是畜生，見識短淺，本王可是見多正神的手段，這事沒那麼單純。」溫千歲撇嘴道。

許洛薇表情一肅，我也跟著繃緊肌肉。「什麼意思？」

溫千歲又是那副沒有溫度的淺笑，我明白不能偷懶，只好絞盡腦汁擠出一點說法，趁溫千歲還在這裡時讓他當面替我驗證幾分。

「正神很少找代言人，就算有也用得很節制，理論上媽祖娘娘會派給葉伯的任務應該沒啥不可告人，或者說不會危險到關乎生死，不然神明自己也會牽扯上因果。」我說出這一路來的疑惑。

「但是媽祖娘娘好像故意命令葉伯失蹤好讓小學弟緊張一樣。」許洛薇發話。

沒錯，就是這一點最奇怪，如果沒得到特別決絕的任務指示，哪怕天機不可洩漏，葉伯至少能對殺手學弟交代基本去向，殺手學弟知道葉伯要去替神明辦事根本不會大驚小怪。

「這是表示我們也可以調查葉伯任務的意思吧？」我找出這個重點。

溫千歲哼笑一聲。

「王爺叔叔你不讓葉世蔓介入，」我大膽猜測。「因爲不想讓我蹚這渾水？」

「呵，有哪次乖姪孫女妳會忘記拖我下水？」溫千歲控訴道。

我捂臉羞慚：「對不起。」誰教王爺的旁門左道眞的很好用。

「可是王爺叔叔，難道你不好奇那個媽祖娘娘派葉伯去執行的任務嗎？」

「天妃大人派葉枝國去做什麼我不知道，但肯定打算順道撈些免費助手。我可不想著這個道。」

「吭，媽祖娘娘沒辦法派足夠人手出任務還得用拗的喔？」許洛薇有點驚訝。

「王爺叔叔說過陰間已經很缺人手，正神那邊應該也差不多，妳看光是我們台灣這一百多年來人口就暴增兩千萬呢！而且這麼多人喜歡拜媽祖，祂一定爆忙。」我替溫千歲打圓場。

許洛薇認爲人手不夠就發公文讓下級神明出動即可，然而代誌沒這麼簡單，神明有嚴格限定的管區和職務內容，而且我猜業務量也爆表了，神明之間的階級從屬極度神祕就算了，似乎不同系統又彼此獨立作業來著？

「首先，澎湖那尊確實是崇高神聖，這是對人類而言。從天界的角度看，那位的神格沒有特別高，差不多等於妳的石大人，只是一個管海上，一個管海下而已。」溫千歲開始爆料。

「原來石大人比我想像的要高等，我還以爲他只是普通城隍。」我趕緊端正心態，以後去濱海城隍廟拜拜前還是先淨個身比較虔誠。

溫千歲用指背敲敲竹椅扶手。「妳到底把海邊那尊想得多低？」

「以前以爲石大人就和王爺廟差不多……不過王爺叔叔你已經很厲害偉大啦！」我回過神來趕緊亡羊補牢。

溫千歲流露一抹不善眼神，幸好沒在此刻發難，繼續談正事。「無論如何，天妃大人不是本王上司，但是她比較大尾，還算好相處，本王素來與她合作愉快，職務外的協力就不是義務了。」

原來如此，土生土長的陰神比較像是配合政府的民間團體，有些還是加入正神團隊的幫手，只是溫千歲一開始就是單打獨鬥，也說過眞正束縛他的是魂魄對土地起誓約的陰契。

「王爺叔叔別賣關子了，你有留意葉伯的去向對吧？」我可不是白認識溫千歲一年多，他要是一無所知可不會在我們面前侃侃而談。

「天妃大人派葉枝國去山裡，算是嚴重撈過界，安危不一定，要看具體任務內容，只能說難度……不小，人們有多崇拜天妃大人，本島妖怪就有多厭惡她，所以葉枝國作爲天妃使者，遇到阻難不意外。」溫千歲道。

「為什麼？」我沒辦法理解，媽祖娘娘不是很好的神明嗎？

「因為祂是保佑人類出名的神嘛！一定搶了很多妖怪的吃飯機會。」許洛薇冒出妖怪方同理心。

「那只是一小部分理由，最大的原因是天妃娘娘曾經協助清人進攻澎湖與台灣，許多原住民遭屠殺，中國神明在台灣踏穩腳步，漢人大量繁殖開山墾荒，許多本土妖怪喪失地盤與原本交好的人類族群，連混口飯吃都有問題。而那些被殺或被趕進山的原住民，有些成了妖怪或類似的玩意，總之冤冤相報無了時。」綁著長馬尾的白衣麗人王爺順順鬢髮，舉手投足都是風情。「話說回來，在掃蕩妖怪上我和娘娘算是同陣營，搞好關係也沒損失就是。」

原來是生存競爭和種族仇恨。我汗。

「王爺叔叔認為葉伯可能接到何種任務呢？」

「最常見的大概就是送帖子。活人在島內移動有天生優勢，這種任務只要小心一點，大致上沒危險。」

「對對對，我用ＡＲＲ超能力也有看到海面上漂了一個很像是裝文書或信物的木匣子給葉伯。」我趕緊補充。

溫千歲眼睛一瞇，他很討厭我使用ＡＲＲ超能力，我趕緊含混帶過，加把勁撒嬌：「王爺叔叔，你就把葉伯的行動路線告訴我們吧！媽祖娘娘總不會給葉伯太超過的任務，他年紀大了，餐風宿露對身體不好，還離開那麼多天了，學弟很擔心。再說，我和許洛薇就當去玩，護個航又不打緊。」

「我爲妳卜了個卦，結論是吉凶參半，這樣妳還要繼續樂天？」

我下意識抖了抖，許洛薇卻爬進屋內拍了拍胸脯道：「龜龜毛毛算什麼男人，報個地點方向，剩下的靠我就夠了！」

溫千歲驀然笑得更歡。「天妃大人說不定就是要引蛇出洞，把妳這頭畜生騙去狗咬狗，然後找個山坳封印起來。」

許洛薇被噎得說不出話，我滿腔熱血更被這句話澆熄大半，只能說溫千歲太了解我的死穴了。

「沒事，人定勝天。」許洛薇盤腿思考後說出無比欠扁的結論。「我家有錢有勢，眞被封印了，小艾妳叫我爸媽去找高人破解就好，人類破壞環境的喪心病狂程度不是區區神明能夠壓抑的。我要找葉伯，現在是人家回報學弟慷慨解衫贈鮮肉的時候了。」

溫千歲嘴角抽搐，我亦無言以對，玫瑰公主的義氣經常充滿槽點。

「小艾妳怕我吃人，可是現在的我咖啡香又吸不飽，說不定妖怪裡有口感不錯的食物。」許洛薇說這話時抹了抹嘴角，這頭妖貓果然一直沒吃飽！

我不死心地磨了又磨後，溫千歲總算鬆口，我歡呼後通知殺手學弟，他也很開心事情終於有進展，對我迭聲道謝，又在天亮後向堂伯報備來龍去脈，蘇靜池知道我們要找葉伯表示沒意見，只叮囑我們帶著蘇家提供的ＧＰＳ手機定時回報情況，若有危險隨時後撤，接著就是折回老房子準備足量淨水淨鹽，殺手學弟則透過關係向登山社借裝備。

萬事俱備，我和殺手學弟將各自的機車托運到羅東火車站，然後我載著許洛薇，殺手學弟載著補給品，正式邁向尋找葉伯的旅程。

□

根據蘇靜池給的葉伯手機定位記錄，葉伯最後的記錄在宜蘭縣大同鄉四季國小，該國小就在中橫公路上，我上網查是原住民部落裡的小學，位置相當偏僻。堂伯的確是沒有過問他千辛萬苦從澎湖挖來的前金牌乩童最後的任務，只是蘇靜池當初給聘書時還一併送葉伯智慧型手機當公發聯絡工具，很多事直接做比用說來得有效。

溫千歲拿喬半天的珍貴情報居然是叫我們去找蘇靜池討葉伯的ＧＰＳ航跡，我和許洛薇都有噴口血染紅王爺白衣的衝動，玫瑰公主更是直接變身朝溫千歲撲過去，然後被溫千歲一扇子打出房屋。

許洛薇怒吼靈體不給力，我愛莫能助，上回蘇亭山的式神九獸根本就是隻變形觸手怪，溫千歲也是徒手說抓就抓，我家王爺的真面目其實很恐怖。

好在抬出溫千歲的名義後，堂伯倒也乾脆把記錄給我了，還說在四季國小之後就沒有新記錄產生，可能是葉伯手機沒電或他終於想起手機會暴露行蹤不再使用。

「葉先生看樣子是從台北搭客運到宜蘭，再搭公車上山。」蘇家族長如此分析，對清貧保守的葉伯來說這麼做大概是最簡單省錢的交通方式。我和殺手學弟也一樣，爲了節省體力和時間也是選擇用火車加託運，到當地才騎車上路。

眼下只能先動身再等溫千歲進一步指示，事實上，再不做點事，我和殺手學弟都忍不下去了。

兩人一鬼在宜蘭找民宿過了一夜。沿著蘭陽溪旁的台七線往上騎，過了棲蘭山莊，由於人生地不熟，我差點搞錯方向騎去太平山，幸虧殺手學弟及時提醒，他沿途戰戰兢兢，生恐被失誤或意外狀況耽擱，還好騎車不到兩個小時就到了四季國小。

由於時間緊湊，我和殺手學弟還是沒完全達成共識，到底要不要把機車騎進林道？我事先在網路上做過功課，林道入口設有柵欄，旁邊有空間可容機車通過，許多登山客都是開車或搭公車來，四輪進不了的地方就必須下車步行，我們至少可以多騎一段距離。

「我們能帶的補給不多，能靠機車盡量挺進比較方便吧？」這是我的看法。就算殺手學弟的登山社朋友都說加羅湖很有名又很好爬，還是不能改變我跟他都是登山菜鳥的事實，我們唯一有自信的只有體力，連帳篷搭法都是臨時惡補。

「林道裡面就算能騎車也不好騎，我的重機太重，學姊的光陽一百不是越野輪胎，都不太適合鑽土石小路，再說一直留意路面也有可能錯失線索。」殺手學弟主張我們應該進入可疑範圍就開始步步為營。

許洛薇則是兩邊都沒意見，殺手學弟亮個腹肌她就倒戈了，氣得我對她比大拇指往下。

結論是靠現場路況和天氣隨機應變，我們從四季國小旁的產業道路往上騎，地圖距離只是好看，越是鄉下偏僻小條道路走起來越耗時，Google地圖有時沒標示，或是岔路繁多，路面年久失修凹凸不平還長青苔，必須小心翼翼以免摔車，即便是有名的登山路線，道路因過度使用路況更差也不罕見。

林道紅色柵欄入口停著的熟悉野狼機車和長身玉立的人影，立刻害我大腦凍結。

「刑玉陽！靠！他怎麼來了！」我脫口而出，第一個想法是白目學長明明答應放行卻臨時反悔來堵我。

「妳吃早餐時不是才用手機向他報備過位置？那時他又沒說啥，幹嘛那麼怕？」許洛薇趴在我肩膀上問。

「不對，他比我們早到欸！」我越來越不安了。

「伸頭是一刀，縮頭也是一刀，小艾妳就認命吧！」許洛薇涼涼地說。

「還不都妳害的！」肇因許洛薇某次殺千刀的惡作劇之吻，間接害生靈出竅的我不得不求助刑玉陽，這筆人情債迄今害我在面對刑玉陽時有點抬不起頭。

也不是羞澀，更接近玷污了人家的心虛，刑玉陽的魂魄本體真是太驚人了，某種程度上比許洛薇的妖怪姿態還要令我喘不過氣，刑玉陽前世大概也不是人類，而且是等級非常高的那種，顏色又奇特，我懷疑人間根本沒有出現過「祂」的名字，這件事比白眼更嚴重，因此我連許洛薇也沒說。

刑玉陽既然知道那個靠魂魄渡氣提升白眼威能的方法，怎麼想都不會是第一次犧牲了，我也只能用這個阿Q想法自我開解，反正肉體上沒有真的親到，應該不算瀆神？

「小艾學姊？怎麼不走了？」殺手學弟騎到我身邊問。

「那個，刑學長在前面。」

「我有看到，不過去嗎？」帥氣小青年瞇了瞇桃花眼。

殺手學弟不懂我的心，在山裡無預警發現刑玉陽比遇見魔神仔還可怕好不好？

遠遠地，刑玉陽朝我冷笑勾了勾手指，我只好苦著臉用時速二十把機車騎過去停好。

「刑學長，你怎麼來了？」還帶著登山背包。

刑玉陽先和殺手學弟打過招呼才回答：「加入你們。」

我鬆了口氣，忍住握拳歡呼的衝動，在學弟面前得維持形象，淡定一點看起來比較有深度。

「把機車停在安全的中繼點，一旦必須在摸黑或惡劣天氣下逃跑時比較安全，妳把車騎進去就會想騎出來，如果是單純撤退有車沒車都無所謂，萬一情況緊急，在只適合步行的山路上慌亂騎車形同自殺。」刑玉陽解釋考量後拍板步行，我們全體無異議通過。

許洛薇瞄過刑玉陽的裝備，偷偷評論有點專業，他的背包比我們都小了一號，看上去也沒帶帳篷和睡墊，腰間倒是掛了一把泰雅族舊山刀，神情很篤定。

白目學長合氣道武器技能精湛，然而台灣作爲文明社會並沒有太多實戰機會，難怪有人嘲笑合氣道的劍杖是花架子，但刑玉陽打起鬼怪來半點都不花俏，棍棍碎骨，說不定他的練習活靶產地是自然生態豐富的山林野外？

一開始的四季林道以步行來說寬敞又好走，還是水泥路面，我有點惋惜，至少讓我的機車停得近一點也好啊，凡人的我和旁邊這些體力怪物不同，需要交通工具加持。但我相信刑玉陽的判斷，進入陌生山林後所有人必須形影不離，同進同出是最高原則。

「刑學長你當初跟我們一起出發就好，幹嘛分開行動？不過當然是超級歡迎有你加入啦！」我趕緊拍馬屁，許洛薇投來一記問我為何忽然變得這麼狗腿的怪異眼神，我反瞪回去。刑玉陽搞不好是尊隱藏版的大神，我光是能狐假虎威就不得了了。

這時的我忘記神明下凡總是有某種理由或歷練需要，刑玉陽小時候更不是一般地坎坷，長到這麼大，他總共也只覺醒一顆有限的白眼。

「我先去陪鎮邦，他臨時接到重要任務，又聽說妳和葉世蔓……還有許洛薇要去山裡找葉伯，我怕他分心。」刑玉陽又為了朋友拋下工作。

「對喔，昨天向學長報備時他好像很忙，說要晚點討論結果到現在還沒打電話。」

「你們入山證登山計畫是寫加羅湖露營三天兩夜，實際上會怎麼走不一定，光是這附近的登山路線就有四神縱走和太加縱走，方向完全不同。葉世蔓在海邊長大，妳除了上次去野溪溫泉除瘴氣有在山裡過夜的經驗和野外常識嗎？」刑玉陽陡然換了話題，質疑我倆經驗不足。

「刑學長，我們不是非得走完全程，料想阿公也不是來爬山的，我和學姊在火車上和民宿過夜時也盡量把這附近山林資料都研究過了，只是想在相對有人走的安全山徑上找尋我阿公的線索。可能還要向非人打聽，這邊主要靠薇薇學姊幫忙，或許王爺在天黑後會有更多指引。」殺手學弟趕緊重述我們此行的調查原則。

許洛薇驕傲地扭了扭腰。

山林畢竟不是我和殺手學弟的專業，我更不想製造山難增加社會搜救成本，沒在地圖上的路徑不會亂闖。山裡有很多模糊道路，乍看可以通行，實際上會連接到哪無人知曉，上次我們跟著原住民獵人去神祕的野溪溫泉就是走這種獸徑與乾涸溪谷連成的荒路。

只走公開登山路線——這是我一開始就對堂伯和學長們承諾過的行動方針，靠著乖寶寶聲明才順利獲得許可，我心知肚明自己沒那本事像猴子山豬一樣穿林越野，又必須防止殺手學弟因思念親人在山裡亂闖出事，當了學姊方知學長們的艱辛。

話說回來，我和殺手學弟不能走的路，對四隻腳的玫瑰公主又是另一回事了！

即便是白天，我仍有著邁入夢境般的輕微恍惚。溫千歲說，山本身就是一種異界，在人與妖的地盤之爭中，更多是屬於妖的，山裡的境主多半不是人形，更加凶狠危險。最後一句我覺得從溫千歲嘴裡出來沒什麼說服力，重點是，不能輕舉妄動。

「有些東西跟在我們後面，但是我一追可能就散掉了，很小隻的感覺。」許洛薇說。

「追那種不能溝通的低級品種白費工夫，先表現出有禮貌的態度比較好。」我的理想目標還是境主啊境主，最好是會主動出來打招呼的友善類型，我們這邊還準備了多種通譯任君挑選。

「學長，這是去加羅山神社的岔路，我們繞這一段來得及在天黑前到加羅湖紮營嗎？」

「就去神社遺址紮營，拜個碼頭或許會有進展。」刑玉陽道。

「對喔！」我恍然大悟，眞是見樹不見林，此行來找人又不是撿山頭，容易遇見非人的地方才是我們的首選。

登山門外漢加上沿途尋找線索的緣故，我們走了足足六個小時，來到加羅山神社遺址時已經是下午三點。刑玉陽一離開水泥道踏上土石路立刻轉爲監督模式控制隊員休息進食和前進速度，我和殺手學弟這才沒在路上犯錯，累歸累，還在我能負擔的範圍之內。

加羅到見晴山一帶曾經是日本人最先來伐木的地區，後來林業開發才轉移到現在的太平山森林遊樂區，大正年間日本政府爲了伐木工人建立的神社，如今荒煙蔓草回歸自然，只剩下被青苔覆蓋的模糊神社地基與台階，四散的玻璃瓶與老舊碗盤破片也是將近百年的古物了。

刑玉陽對我使了個眼色，我立刻會意，主動找殺手學弟攀談轉移他的注意力，刑玉陽趁機開白眼搜索四周，然後對我輕輕搖頭。

白天山裡的非人不會比較虛弱，只是習性有差，從人類角度來看，夜晚對妖怪而言壓倒性有利，最好將搜索行動定在天黑前，天黑後就守著火堆不宜移動，這是刑玉陽開宗明義要我們遵守的規則。

「這間神社現在還有主人嗎？或者祂晚上才出來？」我問許洛薇。

「有，但好像出去了？」許洛薇東嗅西嗅後說。

「妳聞得出是什麼種類？」

「沒有明顯的腥羶或鳥味。可能缺乏實體，有種氣息殘留，一下子形容不出來，等我想到再說。」

「像白峰主那樣？」

我記憶中的白峰主一半是霧氣化身，其實許洛薇的毛皮也是火焰，只是一般狀態時不至於燙傷我，讀佛經後學到地水火風四大化身的概念，或許妖怪身體就是這樣不太固定的狀態。

許洛薇歪著頭思考：「還是不一樣。」

「可是山神會住在這麼開放的地方嗎？」

「我又不是山神，誰知道？」許洛薇聳聳肩。

「能否從現場推估神社主人大概的體型或習慣？」刑玉陽驀然問。

我感應出許洛薇很開心，刑玉陽這個問題等於是肯定她的存在。

「大概是這種感覺。」許洛薇變回覺醒時的原形大小，把足可吞下活人的大頭枕在光禿禿的神社基座平台上，基座拿來當她枕頭尺寸居然剛好，赤紅異獸尾巴一直拖曳到土丘後方，這個比例懸殊的睡覺動作令人發毛。「也許這只是那傢伙平常休息的其中一處，沒發現有惡意或巢穴感。」

看來這名神社主人和白峰主環繞整個山頭的眞身相比或許小了好幾號，但作爲加羅山山神已經是不容小覷的角色了。

轉告完許洛薇的答案，刑玉陽表情沉重。「這種大小，在山裡足可稱爲神明，不是能惹的存在。」

許洛薇忽然睜大眼睛挺起上半身張開翅膀，我正要問她抽什麼風，玫瑰公主用非常飄渺神祕的聲音道：「我準備好了，凡人，膜拜我並說出你的願望。」

刑玉陽聽不見玫瑰公主的白爛發言，但不影響他從我翻白眼的動作判斷出許洛薇正在幹什麼好事，貼心地補充：「許洛薇例外。」

「白目眞的很難聊欸！」許洛薇抱怨後恢復人形盤腿而坐。

殺手學弟從呆愣狀態中回過神，讚歎地道：「學姊好厲害！什麼都沒有也能感應出來！」

許洛薇的鼻子都快翹到能讓我掛營燈，但她的能力也的確好用，我開始思考或許可以放寬標準，萬一遇上敵人讓她吃幾隻小妖怪，她從覺醒到現在還沒吃飽過，這一點令我有點擔心。

「學長，學姊，我想這位山神應該是喜歡守護人類，否則也不會停留在離登山客這麼近的地方了。」殺手學弟說。「如果我阿公來過這裡，不可能沒和這位山神打招呼，等等我們就來找線索。」

總之，我們要在神社遺址過夜了。

抱著早點搭好帳篷還能在附近繞繞的心態，經驗似乎很豐富的刑玉陽很自然地指揮起來，我們卸下背包開始動手。刑玉陽選在神社下方的舊太平山小學遺跡平坦處紮營，殺手學弟主動負責整理營地和撿拾柴火的粗活，勤勤懇懇的模樣得人疼，本以爲會板著臉嫌我們愛惹事的刑玉陽看起來居然心情不錯，彷彿眞的是來露營同樂。

殺手學弟問到第三次時，刑玉陽才首肯他弄來的木柴量夠撐一整夜的篝火，殺手學弟還把刑玉陽的山刀拿在手上耍了幾下，架式不同凡響，猶能看出前乩童的實力。這段時間內我在刑玉陽幫忙下把帳篷搭好，挖妥準備生火的淺坑，刑玉陽則用傘繩綁住兩棵樹，再用天幕布搭了個簡易棚子，正好是可以藉篝火取暖的位置。

「不用遵守LNT無痕山林原則【註】嗎？」我家妖貓非常政治正確地問。

我和殺手學弟爲了環保，的確沒想過要生篝火，但我知道火對非人的震懾效果，因此事前準備汽化燈和兩根備用火把，也就這樣了，還要揹淨鹽淨水自保，導致正經的食物跟飲水也沒能帶上太多。

在山裡，人類只能倚賴自己身上僅有的一切，這份渺小無能立刻壓在頭上，殺手學弟也沉默許多。

「這裡已經被日本人開發過了，如果目前的神社主人是日本人曾經祭祀的對象，照理說是不會討厭火，如果不是，只能看著辦了。在山裡過夜不能沒有火，尤其是『我們這種人』。」刑玉陽不容否定地道。

不只是心燈熄滅的我，山裡不像平地和城市有人群掩飾，此行全員都是妖魔鬼怪喜愛的目標。

註：Leave No Trace即「無痕山林運動」，旨在希望遊客能將遊憩活動對自然的衝擊降到最低。

確保今晚落腳處準備妥當後，刑玉陽才同意我們可趁天色轉暗前在附近調查。他非常慎重，連我都起了雞皮疙瘩，默默把危險指標從黃色撥到橘紅。

許洛薇歡呼一聲立刻跑得不見蹤影，我憑著和她之間的聯繫，確定玫瑰公主還在附近，沒有大驚小怪，這時候不利用她的行動力才是笨蛋。

我和殺手學弟不約而同選擇重回神社，刑玉陽則看守營地。我來來回回地搜尋，怎麼看都覺得神社遺跡最近沒觀光客拜訪，石階上厚厚的青苔落葉只有我們不久前踩過的痕跡。

「學姊！我有發現！」殺手學弟滿臉欣喜站在原本是鳥居的位置朝我呼喚，我小心地走下來，他手上拿著一個半滿玻璃瓶，同時朝帳篷走去。

遺址裡的瓶瓶罐罐大多被先前造訪的登山客移動過，內部皆積蓄雨水，可惜太髒不能喝，附近又沒有水源，我寧可辛苦點揹水上來也不希望晚上下大雨。

殺手學弟把他挑出的玻璃瓶放在刑玉陽和我面前，許洛薇也被這邊的動靜吸引折返。我琢磨一會兒恍然大悟，「太乾淨了，是登山客留下來的嗎？」

「哪種登山客會把實驗器材類的茶色廣口玻璃瓶帶上山？搞不好是小學以前裝酒精或藥物用的容器。」許洛薇吐槽。

我湊近聞了聞瓶口：「沒味道。」

瓶裡的液體不見懸浮物和泥土落葉，清澈無比，在野生環境裡異常突兀。

殺手學弟沉吟片刻，斜傾玻璃瓶倒出一點裡頭的液體在掌心，眾人毫無預警聞到芳冽的酒香，面面相覷。

他用手指沾了液體就要往嘴裡放，被刑玉陽緊急阻止。

「你在想什麼？」刑玉陽抓住殺手學弟手掌怒喝。

「如果眞的是我想的那樣，我就帶十瓶澎湖高粱來還願賠禮！」殺手學弟定定看著刑玉陽說。

「那也不能貿然碰神酒。」

許洛薇舉貓掌發言：「可是都已經倒出來了，我也想喝，原來澎湖有產高粱喔？見者有份啦！」

刑玉陽：「……」

殺手學弟更乾脆，趁刑玉陽被許洛薇的話分心瞬間飛快舔了一口確定味道，然後將手掌伸向許洛薇，許洛薇立刻縮小身體就著殺手學弟的手心舔起酒，尾巴開心地甩來甩去。

刑玉陽投來譴責目光，我雙手摀臉。

「對不起，管教無方。」我對刑玉陽和神社下跪磕頭的衝動都有了。

還好殺手學弟沒聽從許洛薇的不良蠱惑繼續偷喝神酒，只是拿出小夾鏈袋又倒了一點酒液進去當樣本。「是高粱沒錯，５８度的，很烈。一定是我阿公帶的酒。」

「也有可能是其他信徒來奉納。」刑玉陽質疑。

神酒在開放環境下經過多天居然沒有任何變質，是由眞正的乩童獻給非人的酒，這一點更可看出神社主人的奇幻能力。

「回去化驗就知道了，我們澎湖的酒很特別，是鹼性。」殺手學弟說完正式對我們鞠躬。

「謝謝刑學長、學姊們，就算繼續走下去沒有收穫或被迫中斷行動撤退，我也已經握有一份線索，等檢查確定是澎湖高粱，我會報警，請警方協尋阿公下落。」

「這樣可以嗎？葉伯特別指明不希望你報警。」我問。

「那阿公就不該過這麼久還沒回來。」殺手學弟眉眼都是倔強。

提到消逝的時間，我又緊張了，身歷其境才知道，一般人在山裡光是過一夜都很吃力，但葉伯已經進山十天了。

「報警是對的。」刑玉陽冷不防表態支持殺手學弟。「人類沒必要對神明的話句句服從。」

我迷惑了，這是刑玉陽作爲人類的轉世心得嗎？無疑地，對見過他魂魄眞實模樣的我而言，刑玉陽這句話格外有說服力。

既然妖怪或更高等的存在都可能轉世爲人，人類也可死後成神，那麼人與神之間就不會是絕對的上下階級，更別提單方面服從領導，或許互相尊重的合作關係剛剛好。

無論如何，調查持續有進展，我稍微鬆了口氣。

篝火生起來之後，漫長的黑夜覆蓋群山。

山裡的黑暗彷彿固體，許洛薇製造點點鬼火飄在營地周遭，多少有點警示效果，殺手學弟說他看不見鬼火，刑玉陽則說還沒必要點汽化燈，於是我們只能就著昏暗火光圍坐閒聊。

「什麼時候有必要點汽化燈呢？」殺手學弟倒是興致盎然向刑玉陽取經。

「當你無法維持篝火，累得不得了必須打個盹時。」刑玉陽回答。

「刑學長，你好像很習慣在山裡活動，是不是合氣道需要祕密特訓，山裡比較容易天人合一？」並非我熱血漫畫看太多，而是刑玉陽的合氣道老師就非常浪漫地跑去日本做武者修行，刑玉陽更是從小和妖怪戰到大，沒有祕密特訓才奇怪。

「以前因爲打工的關係，平均一年要進山五、六次，運氣好的話單趟就能賺到一學期的學費加生活費。」刑玉陽淡淡地說。

「什麼打工這麼好賺？」我眼睛一亮。

「風水師的助手，那些人進山理由各式各樣，最常見的是尋穴或尋找天材地寶，我就是負責扛些裝備以及幫忙守望，比較特殊的委託會給厚紅包。」

「該不會是去埋某種東西？」殺手學弟果然有專業乩童的敏感。

刑玉陽諷刺地一笑。「國有山林地禁止買賣，一些有心人只能偷偷摸摸。」

「埋骨頭喔？」許洛薇也猜到了。

風水師其實和尋寶迷很像，有些人汲汲營營一輩子就是爲了找到傳說中的寶藏或寶穴，卻不是每個風水師都能踏遍山高水深的危險地帶，幸好衛星技術發展後，在家就可透過衛星影像觀察地形，許多有眞才實學卻貧困度日的風水師因此迎來特別的商機。

越來越多有錢人出資購買寶穴情報或者聘請有名聲的風水師外出尋穴，更發展某種服務，針對目的地已確定，沿途也聘雇山青擺放補給品，專門去山中某處埋葬靈骨的祕密任務。

「其實不只有偷埋，還有指定偷挖的，比如說大房想要旺自己，二房隔年派人去挖出來換位子或換內容物之類。也有不肖風水師一穴多賣，反正業主幾乎不可能去那些九死一生才能到達的深山角落掃墓。」刑玉陽說。

主將學長肯定不知道刑玉陽做過這種危險打工。我忽然冒出這個想法。

刑媽媽在他十五歲時去世，他只能想盡辦法生存……不，沒那麼簡單，在刑媽媽病重洗腎時，刑玉陽爲了負擔她的醫療費和彼此生活費，必然鋌而走險，他直到母親去世後才去找神海集團的總裁生父要一塊地當補償，但刑玉陽想活下去還是得有金錢收入。

「你現在也在接這種打工嗎？」我問。刑玉陽還欠銀行一大筆錢，他裝潢「虛幻燈螢」的成本迄今沒賺回來，目前只是打平一開始的生意虧損而已，還經常因爲各種外務暫停營業。

「前年開始不幹了，某個認識很久的風水師被山裡的東西吃了兩條腿，我把他扛下山時那傢伙失血過多休克，好不容易救回一條命，可惜是個廢人了。雖然事前說好各擔生死，保護他不是我的義務，但這種事遇到一次就嫌多。」刑玉陽說。

他會主動提起過去，明顯是爲了警告我們，偏離觀光路線之外的山之異域有多危險。

後來我才知道，刑玉陽將那一年賣命的打工收入都給了那個帶他入行的風水師，勒令該風水師徒弟好好照顧師父，刑玉陽豐富的靈異知識和冒險經驗就是這樣來的，他說總是得不償失。

一時之間無人開口，眾人沉浸在各自的思緒中。

Chapter 04 / 怪物之夜

刑玉陽沒帶帳篷的原因除了輕量化外，身處那些危險打工之中時，他入夜後絕對不睡覺，也不能讓帳篷遮蔽視野妨礙行動，能睡的只有日出到午前這段時間，盡可能接觸日光才得到少許安全，萬一陰雨天或人在霧林帶就只能硬撐。

好在這回我們人多，有把握輪流守夜顧好篝火。

「主將學長臨時接到的重要任務是什麼？刑學長你還要陪他準備？」許洛薇感到無聊，我只好替她打聽，一般來說，主將學長若沒主動提起，我就不太會去追問他的工作隱私。

「鎮邦被徵召參加追捕國慶血案凶手的搜山行動，提早我們一天入山，我就是去幫他準備個人裝備，提點一些山中禁忌和避邪物。」刑玉陽冷不防扔出炸彈。

「這麼重要的事你怎麼不早說！」我一心忙著處理殺手學弟的問題，沒想到主將學長又捲入大事件了。

許洛薇和殺手學弟在火堆旁聽到也是睜大眼睛。

「他就是公事公辦還能怎樣？專案小組能調的警力都調了，為了不錯過營救人質黃金時間，還廣發江湖召集令，極需擁有特殊專長的警員加入，資深登山經驗那種自不必說，武術格鬥、射擊比賽、馬拉松選手和原住民獵人都想抓來用，鎮邦有可能被放過嗎？」刑玉陽哼聲。

我用鞋子想都知道，警界出現這種大陣仗，鐵定和立法委員的女兒被綁架有關。

「學姊，我昨天查登山訊息也有看到國慶血案那個特種部隊出身的凶手從台中往梨山方向逃逸，然後被山友指認進入攀登南湖大山的路線。」殺手學弟補充。

昨晚新聞搜山行動大熱的時間點，因爲登山計畫已經確定目的地，我正忙著惡補野外求生知識，哪有空在意國慶血案或另一座山，腦海裡只剩加羅湖。反正漫漫長夜需要打發時間，刑玉陽就將他從主將學長那邊得知的消息按照案件發展先後說給我們聽。

命案是發生在十月九號傍晚，立委司機被打暈綁在命案現場，立委發現司機與女兒行蹤不明趕緊報案，警方確認司機與命案現場時已經將近深夜，社會輿論普遍到隔天才開始討論這樁案件，喜愛聳動標題的新聞媒體還是以國慶血案形容。

我們已從小潮的情報得知，凶嫌劉君豪把立委座車開出一段距離才丟掉，警方初始以爲綁架犯是司機，立委女兒失蹤是獨立案件，當時滅門血案還未曝光，短短數個小時的空窗期，劉君豪和人質已不知去向。

一開始只有公布凶嫌姓名照片以及綁架高中女生作爲人質的事實，大家都以爲很快就能抓到人，沒想到劉君豪帶著累贅猶如人間蒸發，這時才有記者針對凶手特種部隊背景大作文章，記者還訪問劉君豪同袍，得到的評價是該人正義感強烈，非常重視同伴，受訓成績優異，可惜退伍後發展並不理想。

「正義感強烈加上單兵技術超強喔……這種人很容易劍走偏鋒，大概以前在軍中就得罪長官黑掉了。」許洛薇評論道。

新聞還特別指出劉君豪具有柔道二段、跆拳三段資格，特別擅長敵後滲透和城鎮戰，我們忽然明白為何主將學長會被抓壯丁了。

十月十一號晚間，台中一家登山用品店傳出搶劫案，凶手取走現金和一男一女兩套登山裝備，詭異的是員工像是中了金光黨騙術般，迷迷糊糊無法指認凶手長相細節，搶匪破壞監視鏡頭手法專業，承辦搶劫案的警察靈光一現將此案與國慶血案聯想在一起，比對失竊服裝與登山鞋尺寸，發現與凶嫌和人質尺碼一致，專案小組於是懷疑劉君豪計畫帶人質逃入深山。此時警方礙於破案進度緩慢，不得不公開立委女兒身分請求民眾提供線索。

警方終究沒在劉君豪遁入深山前攔截住他。十二日下午，有山友在多加屯山前峰處發現一對可疑登山男女，但外表實在和新聞公開的照片差異太大，山友沒把握便未報警，只是以無線電通知還在山上的朋友留意。當天晚上在審馬陣山屋留宿的山友也發現這對男女，越看越像新聞報導的凶手與被綁架的高中女生，當時不得已共處一室嚇都嚇死了，只能強作鎮定不敢聲張。

或許是該山友溢於言表的恐懼反應令劉君豪警覺，天未亮他就帶著同行女孩離開山屋，登山客則在山屋角落發現女孩遺落的項鍊，稍後證實是立委女兒隨身物品。十三日當天早上專案小組便集合各領域專家召開緊急會議，下午第一批次的搜山作業就開始了。

搜山行動最大的困難是，不能叫有登山專長的平民來逮綁架殺人犯，劉君豪偏偏又是一般警察制伏不了的危險對手，只能讓有搜山經驗的專家和刑警帶領手下組成五至六人小隊，如此一來能涵蓋的搜查範圍與出動人次自然相對有限。

立委不相信警察能在深山裡追上特種兵，森林警察和巡山員還是不夠猛，出錢出力聘請私家高手入山找人，此舉有妨礙調查之嫌，警方高層經過協商後，決定也指派部分不適合加入小隊或者編制外的單兵警員進入立委聘雇的隊伍中監督，擔任司法緝凶代表，順便進行橫向聯繫。

主將學長並非刑警，卻有「小關公」靈異綽號與超優質的業界名聲，加上前陣子才抓到金融重犯陶爾剛，種種輝煌戰績和本身戰技足以壓制立委聘來的三教九流外援，被立委特別指名要他來負責帶領其中一組民間小隊。

「鎮邦說抓不抓得到凶手看天意，但他可不希望遭遇意外或人爲疏忽導致自己也山難，他除了當兵行軍以外沒有登山經驗，基本上程度和你們差不多。」刑玉陽說。

主將學長的任務聽起來是比我們緊急多了。

殺手學弟用樹枝撥了撥火，凝視著焰心道：「我記得新聞有說昨天就已經進行封山作業，所有在北一段以及南湖群峰的登山隊伍必須立刻下撤，警方也在兩處登山口設立檢查哨挨個核對身分。希望有好消息。」

「劉君豪不是登山客而是逃犯，南湖群峰可以繞成O形縱走路線，山屋數量多，本身又屬於中央山脈北一段，裡面有許多節點都可能有山地偕作事先藏好的補給品或者登山客棄置的食物，如果劉君豪刻意要和警方玩躲貓貓的話，再多警力也不夠陪他玩。」刑玉陽搖頭。

「那個被綁架的立委女兒，叫陳宓的，可能產生斯德哥爾摩症候群了，但劉君豪帶著她應該會拖累行動吧？」許洛薇開始心理分析。

「倘若劉君豪將她藏在某個地方，她無法逃跑只能依賴劉君豪保護餵食的話，警方要救人就難了，甚至搜捕本身都有可能造成陳宓的危險。這王八蛋不是慌不擇路，他利用深山環境作爲人質牢籠，替自己保留談判資本，萬一被逮到就以此威脅警方。」刑玉陽說出他和主將學長的共同推測。

「太卑鄙了！」我忍不住咒罵。

台灣十月分季節，平地可能還是秋老虎肆虐，高山卻會降到十度甚至更低，一個不小心受傷生病或下雨失溫都有可能會冷死人。

「山裡經常充滿意外，即便劉君豪自己一樣有機率發生山難，更別提毫無自救能力的陳宓。假設劉君豪原本想要製造『生死不明的失蹤』轉移搜查方向後再偷偷回到平地，結果也有可能是他們刻意偏離路徑眞的出事，永遠尋不到屍體。」刑玉陽下了個可怕的結論。

殺手學弟一瞬表情極爲低落，想必是聯想到葉伯的處境，葉伯是獨自進山十天的老人了。

「其實劉君豪的逃亡過程還有一件怪事。」

「新聞沒報的也太多了吧？」玫瑰公主抱怨。我猛塞登山資料時，許洛薇倒是熱衷追蹤國慶血案網路討論，誰教妖貓對爬山沒壓力。

「登山口沒找到交通工具，劉君豪到底如何挾持人質進入中央山脈？警方懷疑他有協助逃亡的車手同夥。」

「刑學長，主將學長眞的啥事都告訴你？」我一時好奇不愼問出口。

刑玉陽用眼刀砍我。「怎樣？不行嗎？」

「是眞愛。」許洛薇唯恐天下不亂，還好活人聽不見她的聲音。

「當然可以，呵呵。」我往嘴裡塞魷魚絲。

「聽起來最好的出路是劉君豪主動投案。」殺手學弟從我手裡抽走一條魷魚絲慢慢啃著。

我忽然寒毛直豎，殺手學弟則改變坐姿蓄力，許洛薇雖維持懶洋洋姿勢不變，但我知道她隨時能跳起來撲向目標。

黑暗裡有某種存在靠近，來到距離我們約十五公尺處靜止不動。

「刑學長?怎麼辦?」殺手學弟聲音有點乾。

「習慣，更好的做法是提供一點好處，讓對方別來找麻煩，但不能無條件讓步。」刑玉陽從口袋裡掏出一包菸，點燃其中一支後交給我。「往妳覺得威脅感最強的方向扔。」

我依言轉身將香菸往背後扔，那點紅火竟然懸空靜止，就在黑暗中一明一滅，像是有人叼著菸呼吸一樣。

「妳背後那隻最大。」許洛薇同情地說。

連精怪都愛捏軟柿子，我無言了。

「敬個菸，談談有趣的新聞話題或提供音樂，那些存在會比較安分，它們對山下世界很好奇，倒也不會見人就咬。」原來刑玉陽不是平白無故聊起國慶血案。

我驀然發現一件悲愴事實，在場眾人沒一個擁有音樂才華，照理說千金小姐小時候起碼會學一件樂器以利將來打入上流社交圈，但許洛薇非常符合人性地沉迷小說漫畫，許爸許媽居然也慣著她。

「用手機放音樂可以嗎?」許洛薇問。

刑玉陽明顯愣了愣，「我沒試過，應該可行吧？」

我也跟著愣，「難道以前雇用你的風水師都是眞人表演？」

「他們沒帶手機，但會吟唱道曲之類。」刑玉陽回答。

「我會用黑死腔唱古早褒歌。」殺手學弟躍躍欲試。

「我可以唱〈小蘋果〉嗎？」許洛薇不甘落後。

我還在掙扎是否要冒險讓這兩人解放歌喉，殺手學弟和玫瑰公主有個共同點就是鬼哭神號特別厲害，人類市場是沒救了，或許妖怪聽了意外有共鳴？

一段「七字仔調」的嗩吶聲響起，樂音哀戚，彷彿流落街頭的小乞丐哭訴身世般，演奏技巧極爲精湛，令人不由得凝神諦聽，黑暗中傳來異物散開的窸窣聲，接著黑衣花臉嗩吶手邁著無聲腳步走進篝火能照亮的邊緣，他沒有影子。

來者是曾經捉弄過我的溫千歲手下，我們熬夜等待的信使終於現身，雖然花臉嗩吶手要是太陽一下山就報到我會更開心。

「學弟，你聽得到嗎？」我問在場唯一沒陰陽眼的殺手學弟。

「可以，雖然小聲但是很清楚，有點本事。」殺手學弟點頭，能讓感應力較低的他辨識到，表示花臉嗩吶手的力量不弱。

溫千歲已經告訴我們，山中精怪和平地人類神明通常彼此敵對，或許像白峰主或白峰主的BOSS那種等級較高的山神應該是較爲中立？總之這些缺乏人性的精怪也的確需要屬性相近的神明管轄，由此可見，溫千歲手下要進山探查其實不容易。

「這位……呃，前輩？請問王爺大人有特別指示我們該怎麼做嗎？」我小心翼翼問就站在陰影邊緣半隱藏身影的花臉嗩吶手。

過了一會兒，沙啞得幾乎聽不出是人類的聲音浮現，再慢慢調整到我能辨識內容的頻率，但我依然無法分辨男女老幼，只是有種這隻鬼非常古老的感覺，大概資歷也像王爺一樣是上百年起跳。

花臉嗩吶手說著緩慢的傳統閩南語，嗓音雖難聽，語調卻很斯文，我大致上聽得懂。

「王爺本以爲爾等今夜會直往加羅湖，吾亦在該處等待，不料爾等改去日本神社，吾只得費了點時間趕過來。」

花臉嗩吶手想說，其實我們直接走到加羅湖也可以得到葉伯的消息。

「不好意思，但葉伯的確到過這裡沒錯吧？他現在在哪？」我趕緊切入重點。

「葉枝國進山第一晚如爾等一般在此過夜，第二天神社主人陪伊上路，他倆速度太快，吾追蹤困難，在加羅湖一帶已追丟。」花臉嗩吶手說。

「所以神社主人是替葉伯護航，你確定沒錯？」

花臉嗩吶手頷首。知道葉伯有山神陪伴，我和殺手學弟相視俱是鬆了口氣。

「王爺吩咐，爾等可至加羅湖等人，免肖想靠自己入山亂找，吾會在前方不同山頭盤旋幾日，繼續打聽消息。」

「謝謝前輩，我們會去加羅湖等。」我趕緊道謝。

「白日吾行動不便，先行一步。」花臉嗩吶手說完退入黑暗，七字仔調轉眼飛得很遠，沒幾秒便渺不可聞，不少藏身在黑暗裡的氣息跟著樂聲離開，但也有些留下繼續監視我們。

「學弟，溫千歲的斥候這麼說，你可以接受嗎？」我將花臉嗩吶手的發言一字不漏轉告殺手學弟。

殺手學弟遲疑地點頭，握著自己的手腕道：「王爺和學長學姊都這麼費心，我也不願再給人添麻煩，更怕牽累大家遇到危險，再者阿公似乎寶刀未老，就依花臉前輩的話，明天到加羅湖紮營等到補給用完就下山吧！」

「你能想明白就好。」刑玉陽讚許。

殺手學弟放開手指時，手腕處皮膚已有紅印，顯示他此刻的心情並不平靜。「如果阿公已經出事了，光憑我們根本無法在山裡找人，得靠專業人士，在山上枯等也沒用。」

「學弟太悲觀了吧？」許洛薇蹭了蹭我。

「他的本性其實就是那個樣子我才擔心啊！」我小聲回答許洛薇。

偏偏我能理解殺手學弟的想法，不管因爲何種理由，親友死亡可能就是這麼突然又眞實，這個世界每天都有很多人因爲各種原因死去，即便是擁有特殊天賦能接觸神明與亡者的少數人，也不會因此得以豁免。

在山中精怪眾目睽睽之下，我居然睏了，眼皮越來越重。

刑玉陽一度想提醒我，踟躕片刻放下手。「去帳篷裡睡吧！我和葉世蔓會輪流守夜，該夢什麼就去夢，明天不管多累妳還是得給我走到加羅湖。」

「薇薇……」我依舊不太放心。

「我會全程盯著，安啦！」許洛薇舔了舔嘴。

「對方沒主動攻擊的話，妳別亂吃東西。」

「喔。」玫瑰公主不太願意，還是答應了。

我爬進帳篷裡，仔細用睡袋包好自己，祈禱ＡＲＲ超能力能平順地發動，幾乎立刻進入夢鄉。

□

感覺睡了很久，直到身體彷彿和土地融為一體，發芽生根，再度張開眼睛時，帳篷和同伴都不見了，我獨自飄浮在神社遺址上空，有如變成一隻攀著絲的小蜘蛛。

彷彿電影鏡頭般，葉伯忽然出現，穿著長筒雨鞋，腰帶上掛著柴刀，頭戴印有王爺廟正式名稱「崁底村濟和宮」的廟方工作人員棒球帽，揹著黑色雙肩包，我仔細記住葉伯的裝扮，準備之後轉告殺手學弟，方便他報警協尋時提供失蹤者特徵。葉伯行囊驚人地簡單，行進間毫無老態，一路拾階而上來到神社基座，他燃香祝禱，將酒澆在地基上，酒液滲入石縫，流入地底，在人眼所看不見處再度匯集，自動流入某個乾淨玻璃瓶。

「五十年不見，今日順路經過，過去年少輕狂，對不起吶……」葉伯滄桑的聲音。

「半瓶酒就想了事，人類真是隨便，你這小子當初可是用硃砂和童子血開光的武器砍了我好幾刀。」另一道野性嗓音迴盪四野。

接著夜色中點點星芒凝聚成一頭巨大白色狛犬，半似獅子的獸首懸在老人頭頂，爪子則按在他身側地面，將葉伯整個籠罩身下，最讓我在意的是，這頭神異野獸也長著和許洛薇類似的犬貓不該有的怪角，只是不像她的獨角長而銳利，短鈍小角從額前連續一排延伸至背脊，有點像恐龍構造。

「你擄了孩子，我以爲你要吃人，誰知是從其他大妖怪嘴裡保護他？」葉伯一頓，往前走了幾步彆扭地轉頭觀察。「你說話了？原來你是狗？」

「是你終於看得見我，命不長了嗎？葉枝國。」狛犬聲音微帶笑意。

「或許吧！當初只看得見一團糊糊似的霧氣，我道是哪來的魔神仔。」

「這次又是爲了女神賣命？」

「天機不可洩漏。」

「前方已沒有如我一般與人交好的鎭守，時代不同了，你這一身潮騷味進了山，連骨頭都不會剩下。」狛犬說。

「呵，那些妖精不怕死的就來試試，我葉枝國也不是白替娘娘辦差那麼多年。」葉伯倨傲回答。

帶角狛犬趴臥下來，身型仍比背脊挺直的葉伯高上一大截。

「睡吧！人類，看在你小氣的半瓶酒份上，明日我送你一程，你不說，吾便親自看看這『天機』生得如何，反正日子總是無聊。」狛犬用猶如捲雲般的長尾圈住老人說。

葉伯張口欲言，末了只是伸手掠了掠虛幻毛皮，如同從土地中蒸發熱氣般的觸感，在濕冷的深秋山野中不可思議的溫暖。

旁觀的我正爲這人獸和諧的一幕感動，葉伯卻忽然祭出腰間柴刀。

「你眞正的目的是什麼？醜話在先，要是搗亂我可不客氣了。」葉伯冷冷地說。

狛犬又發出宏亮笑聲，這回帶了點惡意，卻有著更多興味。「葉枝國，吾不明白爲何你會對那女神深信不疑，眞想看看你臨死前的表情到底悔不悔？干涉就不有趣了，放心沾我的光走山路，否則我還眞怕你凍壞摔死半途而廢。」

葉伯聽聞此言收回柴刀，大大方方席地而臥。「嫉妒媽祖娘娘信徒多嗎？來澎湖當鎮守的話，你也可以有自己的香火供奉。金門就有幾隻你的同類。」

「謝了，吾寧可日子清靜些。」狛犬說完猶如石雕不再言語。

等葉伯呼吸逐漸綿長，我知他已熟睡後，無預警和狛犬對上視線，夢裡的狛犬並未看見我，只是穿透我凝視著林間深沉夜色，獸瞳中映著一名穿著粗布衣服的和尚頭青年，年輕時的葉伯手握柴刀，眼神猶如烈火。

我依稀感受到刻骨銘心的懷念，本以爲只有一期一會，卻再度不期而遇的喜悅與刺激。

在這個夢境消失前，我忽然冒出一個疑問：加羅山神社主人的動作是否也在媽祖娘娘計算之內？

□

天剛亮我就被刑玉陽叫起來準備早餐，順道讓輪值下半夜的殺手學弟入帳休息，即便他們說好輪流守夜，我猜刑玉陽應該也沒睡，畢竟我們被那麼多不是人的東西虎視眈眈圍著。

經驗多寡果然有差，乍看殺手學弟還比刑玉陽疲累。

「今天只要在日落前走到加羅湖紮營就好了，不需著急。」加羅湖也是一開始就規劃好的行程終點，這次不用別人囉嗦，我知道不能在山上任意行動，一旦出事救護車可開不上來。

我擔心殺手學弟聽了消息無法好好休息，等他鑽進帳篷才和刑玉陽分享那個夢，許洛薇則趁天剛亮陽光還不強的休息空檔充當前導，將登山路線與鄰近山區探查一通，畢竟人類的步行時間夠她來回好幾趟了。

「妳的能力似乎比較穩定了。」刑玉陽沒評論夢的內容。

「還是很難控制細節。」我忍不住想抱怨。

「能夠精準定位到相關人士已經很罕見了，妳還想要控制細節，真打算征服世界？」他冷笑一聲。

我縮了縮脖子。「沒啦！只要能找到許洛薇的死因我就滿足了。」這是我最初也是不能讓步的底線。

一個半小時後，許洛薇回來告訴我她叼著菸包跑了幾個山頭，和原住民搏感情的收穫是，第一，最近十天附近沒有人類遺體污染環境，可以暫時排除葉伯遇難可能。即便精怪說謊，屍臭味還是躲不過許洛薇的嗅覺，沿途附近有哪些死掉的動物她都一清二楚。第二，下午天氣會轉壞，我們必須提早出發，提前休息。

我喚醒殺手學弟，將自己的夢連同許洛薇的探查成果一併告知他，見殺手學弟一時沒有反應，我又補充：「這表示葉伯還好端端地執行媽祖娘娘的任務，也許已經在返程途中了。」

殺手學弟毫無預警落淚，我尷尬地看向刑玉陽，期盼同樣是男人的他幫把手，刑玉陽搖搖頭，讓我別管。

「哭吧哭吧！發洩出來比較舒服。」許洛薇用貓掌搓著殺手學弟的髮心。

殺手學弟感應到許洛薇的碰觸，身子微顫卻沒躲開，用袖子擦臉，淚水卻止不住。

「對不起，我克制不住……」

「沒事，我去幫你弄點早餐。」我立刻裝忙。

葉世蔓從小就很寂寞，長大後即使交到戀人，能夠坦誠互動的親密朋友卻是一個也沒有，不像我比較遲鈍，遇見許洛薇以前從不覺得內向人生有錯，也不像主將學長和刑玉陽擁有值得燃燒生命的興趣又可以彼此支援，他最依賴的人就是血脈相連的爺爺。

受到爺爺的高度期望，他咬牙吃苦完成乩童訓練，戀人在水一方，他義無反顧來台求學，哪怕是一條他親手孵出的小寵物蛇走失，他也找了又找，葉世蔓的寶物就是那麼稀少。

我將用沖泡包泡的巧達湯放到他手裡說：「葉世蔓，要記得，你不是一個人了，我們都在。」

「謝謝……」

「我就不用謝了，葉先生三番兩次幫過我，他疑似出事自然不能放著不管，盯著你們只是順便。」刑玉陽說。

「白目傲嬌啦！」許洛薇嘿笑。

「學弟，你到刑學長的天幕下能躺就盡量多躺一會吧！我要收帳篷了。純粹爬山的話我知道你走個兩天沒問題，但我們得保留體力以備不時之需，疲勞會影響瞬間判斷力。」殺手學弟在我的勸告下沒硬是逞強，昨夜的精怪陣仗坦白說很嚇人。

刑玉陽將用來生篝火的淺坑填平，蓋上落葉，確定營地恢復原狀。

明知神社主人不在，我們還是做足禮數，在神社遺址奉上魷魚絲當謝禮，是許洛薇的主意，海產類對山神來說具備稀有價值。

屆臨離開加羅山神社之際，許洛薇猶依依不捨地回頭：「那個裝酒的玻璃瓶可能是保鮮神器……」

「不要自欺欺人了，用妳的妖力發展新技能比較實在。」我無情地吐槽。

進山的第二天，我們循著明顯比到神社遺址好走的山徑來到加羅湖，也許是平日加上這條登山路線對體力有一定要求，沒看到其他登山客，刑玉陽相好紮營地點，我們趕在大雨落下前及時搭好帳篷，同時慶幸不必煩惱缺水問題，雨水還是比湖水衛生。

其實如果只有我和殺手學弟，我們大概會縮衣節食多撐個兩天等消息，外加讓我的ＡＲＲ超能力多點探測時間，此行有刑玉陽在，他擺明只能共進退，我沒臉要他放下工作一起耗，刑玉陽大概也清楚這一點，把我們的危機管理掐得剛剛好。

加羅湖實際上是一群高山湖泊統稱，更準確地說，是冰河地形殘留的泥炭沼澤，水源來自雨水，附近還有不少熱門程度不等的大小池子。

因應大雨考驗，刑玉陽拿出祕密武器——用不鏽鋼片組裝的小柴爐，避免在濕地上生火困難，加上我們沿途蒐集的乾木頭和昨天篝火剩下的木炭，燃料算是夠用，重點是緊急時刻還可以用鍋子裝著小柴爐移動火焰，刑玉陽又給我和殺手學弟一人發了一個白金懷爐去濕氣兼取暖，他真是大家的公會商人兼哆啦A夢。

想到此刻主將學長在好友指點下一樣有備無患，我安心許多。

「妳用妖怪化身應該不怕下雨了吧？」我問許洛薇。

「妳沒看到我的毛皮是火嗎？被澆熄了露出羞羞的部位怎麼辦？」許洛薇鑽帳篷的速度比我還快。

本來想陪刑玉陽和殺手學弟守夜的我早早被趕進帳篷，天幕避雨面積有限，小火堆邊沒我的位置，許洛薇又恢復人形和我一起窩帳篷，情況明顯變成男女生各自分組，我陪許洛薇閒嗑牙，時間過得飛快。

雨勢變小後，加羅湖被大霧包圍，整個晚上我好幾次從帳篷探頭確定刑玉陽和殺手學弟情況，明明他們就在幾公尺外，身影卻因夜霧朦朧顯得模糊，幸好火焰和木頭燃燒的聲音還是很清楚。

無論緊急求助或休息過夜，路徑明顯又容易遇見登山客的加羅湖都是這一帶山區通向文明的中繼站。入夜後刑玉陽不再吝惜燃油點起汽化燈，營地頓時變得明亮又安全，我想，他是希望葉伯在折返路途上能夠看見我們的燈光。

一直等到午夜，葉伯和花臉嗩吶手皆未出現。

現在我們能做的事只有等待……慢著，我正好利用超能力多夢點新情報！就算不小心使勁過頭，明天可以睡一整天怕什麼！

我也的確很疲倦了，爬山與使用超能力是雙倍消耗，挑戰連續兩天打開阿克夏記錄依舊令人興奮，那超越時空的龐大訊息流越來越讓我著迷。

不斷練習這份超能力，說不定很快就能定位到冤親債主搶先出擊了，蘇亭山的加入，還有都鬼主當靠山，冤親債主的威脅已不像過去那樣令我恐懼又無所適從。

霧的味道滲進帳篷裡，先前下在四面八方的雨水向湖心匯流，產生的細小聲響如同山脈低語迴盪，原始而神祕，我能感覺到成千上百條細小水流從帳蓬底下的土地淌過，乾淨深遠的氣息包圍全身，從外觀看起來我已經睡著了，其實還殘留部分意識，許洛薇似乎在摸我的頭髮，喃喃自語一些莫名其妙的內容。

這可能是她露出馬腳的重要線索！我一直想弄清楚她的死因失憶是真是假，或者說經過這一年的歷練與不久前的妖怪姿態蛻變，她有沒有想起一些先前不記得的眞相？

我想中斷ARR超能力偷聽許洛薇在說啥，奈何這能力從來沒有聽我指揮的時候。

薇薇……再說一次……妳到底想對我說什麼？

有那麼一瞬，我幾乎以爲將這句話問出口，自始至終我的嘴唇連一公釐都沒張開過，僅僅在意識裡急迫地呼喚。許洛薇不管有無感應到我的意念，她都依然故我，只是不斷用手指爬梳我的頭髮，彷彿那是某種有趣玩具。

「沒有……我的毛毛呢……」玫瑰公主語氣失望。

好吧！我還是勉強聽懂其中一句，這算啥無釐頭發言？帶著這份怨念，我被ＡＲＲ超能力拖進泥濘冰冷的黑暗。

□

目前爲止，我的超能力發動往往要經過一段長短不一的意識模糊階段才會出現具體畫面，最短的就是在海水裡的那一次了，更是經常在黑暗中徘徊。堂伯曾說ＡＲＲ超能力的候選者之所以只是「候選者」，就是因爲這稀少的案例最後總是不明不白地消失，連活到能力成熟的希望都極渺茫。

後來我自己也遇過在超能力發動後差點醒不過來的意外，目前爲止次次都能醒來，上一次發動時很順利，因此我竟忽略刑玉陽最初的警告，阿克夏記錄的偉大與恐怖，區區一名人類靠著心燈熄滅的軟弱魂魄擅闖神明領域，一個不小心失手無法返回人世半點也不奇怪。

即便在黑暗世界徘徊過幾次，要嘛不是神智迷糊到不懂得害怕，就是基本上走的是硬路，當腳下泥巴越來越深，腳踝已經凍到毫無知覺時，我冒出飆淚的衝動。

現在的我異常清醒，但也異常難受與迷茫，毫無任何目標。

莫名其妙地，「地獄」這個字眼蹦出腦海，如果寒冰地獄存在，我或許就走在它的邊緣。

好想有一盞燈火溫暖照亮自己，四面八方的黑暗簡直要把我壓進濕軟冰冷的泥巴裡，從前的我也是擁有光明的，偏偏就是熄滅了。說到燈，我是擁有一盞蓮花燈，但久遠劫前的神器沒附說明書，怎麼看都是麻煩，被我塞在抽屜深處繼續封印兼看家，以免帶上山反而引起妖怪覬覦。

就當我眞的要哭出來的瞬間，一隻小動物冷不防擦過小腿的觸感讓我渾身發毛，下一秒，眼前不遠處多出一抹光亮，比起正在散發薄弱橙光的小小身軀，讓我更不敢置信的是那毛皮花色——

「小花!?」

小花怎麼會出現在這裡？牠不是乖乖待在家裡由戴姊姊照顧嗎？

花貓輕盈地小跑步，我猛然意識到牠在等我跟上，連忙拿出十公里慢跑的洪荒之力追去。

無論我怎麼追趕，小花總是保持在二十幾步外不疾不徐地帶路。ＡＲＲ超能力一發動，我經常喪失時間感，不知過了多久，我在害怕追丟目標的恐懼與疲勞中仆倒在地，身下傳來窸窣聲，不是泥巴？我壓到一片草葉，即便周遭伸手不見五指，卻能確定來到不同的地形了！

「汝走錯方向亦走過頭，到此處應無礙。」

我慢半拍才發現花貓正在說話。

「呃，謝謝……」

「對了，老夫比較愛吃豆豉口味的紅燒鰻罐頭。」

來不及多攀談兩句，那抹橘光嬌小身影一閃而逝，留下此時滋味萬分複雜的我。

在家裡養紅衣女鬼兼翅膀貓妖怎麼可能沒引起神明注意？搞半天人家的勢力一開始就滲透到身邊，來歷不凡的小花還嫌棄我只餵乾又淡而無味的貓罐頭。

現在不是想些五四三的時候，還沒脫離ＡＲＲ超能力幻境，都豁出去了，空手而返教我怎能甘心？於是我再度集中精神，前方隱隱約約浮現一條正在游動的馬路白線，我趕緊追上去。

那是蛇嗎？純白的？

第二種出現的動物不像小花一樣渾身發光，其實是有點暗的白影，但四周一片漆黑，那抹白影加上隱約鱗片反光依舊非常顯眼。

白蟒移動得很慢，有時甚至停下來等摸黑行動遲緩的我，一腳踩進水裡時我整個人跳了起來，白蟒繼續往水面游去，在不遠處立起上半身靜靜地等著我。

現在還是夢嗎？繼續前進的話，說不定就能感應到更多這座山的非人如妖精山神之流與葉伯之間的交集，對黑暗與水域的本能戒備卻令我停下腳步，我……又分不清楚現實或虛幻了。

這一停頓，我總算發覺哪兒不對勁，我和白蟒之間有段距離，照理說白蛇在黑暗中不該這麼醒目，按照距離估算，這條白蟒至少兩、三人長，身圍有小孩子的腰那麼粗，完全不可能是自然生物。蛇眼散發著妖艷紅光，透著不同於野生動物的智慧……我彷彿被一個好妒又傲慢的美女盯著。

不是白峰主，除了體積不同，蛇的體型和蛇頭形狀也不一樣，白峰主非常神聖，讓我本能想屈膝服從，眼前這條白蟒流露出來的氣息更接近我一度在崁底村遇過的精魅，稍微偏向負面，令人不舒服，但也不是非常壞的東西，只能說跟人類合不來。

我還沒醒，夢到其他妖精的地盤上了？

腳踝忽然被繩子般的東西捲入，用力一拖，我慌亂地叫了一聲被拉往水裡幾步，半跌半跪摔進及腰深的水中，光是水底的泥巴就已經淹沒一半小腿，那絆住我的東西像是有生命般鬆開，我陷在岸邊淺水中行動困難。

如果是夢，池水的腥味又太過眞實了，嗆到水的感覺也是。

「妳在發什麼呆！」獸化的許洛薇氣極敗壞跳到我身邊大叫，濺起許多水花。

「我不是在作夢嗎？」許洛薇亂入還對我說話，我一時又驚又疑。

「這是現實啊！妳這北七！」

「我剛剛真的發動能力還差點意識迷路，是小花把我帶出來的，我還跟著一條白蟒蛇走到這裡。」

「哪裡有蛇？」許洛薇朝著空空如也的水面看了看，一無所獲。

「妳聞不到嗎？還是我是用ARR超能力看見，所以蛇不在現場？」

「不是，這片霧有古怪，害我的鼻子失靈，剛剛我差點找不到妳，妳半夜起來尿尿就算了還亂跑！」

「啥啦！我明明是躺在帳篷裡睡覺，頂多是ARR超能力發作自己夢遊，你們不是負責看住我嗎？」我和她就這樣站在水裡爭辯。

顯然我和許洛薇對事實的認知並不一致，我趕緊要她描述事情經過。

「妳安分地睡了大概……兩個小時吧，忽然起來和我說要去尿尿，我當然是跟著妳去了。」許洛薇抬起下巴估算時間。「殺手學弟在打瞌睡，白目在看火，我怕他們男生不好意思只有揮揮手，反正白目一看就知道我們要去幹嘛。」

按照許洛薇的說法，我明確告知她想上廁所，她就跟著我行動了。畢竟活人有進就有出，我們又在加羅湖旁邊紮營，總得找個不會污染水源的地方，我拿著手電筒越走越遠，她也覺得沒什麼，反正這一帶對她來說都算近，玫瑰公主也巡邏過了。

我往草叢裡一蹲，許洛薇等半天沒回應，一過來人卻不見了，別說心電感應，就連我的味道也消失無蹤，許洛薇當下立刻慌了，她企圖折返營地通知刑玉陽遇見怪事，卻在霧裡不停繞圈子。

「這是加羅湖附近的池子，至於是哪一個我搞不清楚，總之我們已經離營地有段距離，一聽到妳的叫聲，我立刻高速飛奔過來。很奇怪，我連最明顯的篝火木頭燃燒味道都聞不到，只能聽見妳的聲音。」許洛薇說。

我很確定記憶裡沒有上廁所這一段，渾身冒出雞皮疙瘩。

「這是陷阱，妳跟著的東西不是我！」說不定連和刑玉陽四目相交、揮手致意都是許洛薇的錯覺，刑玉陽若真的用白眼看著這頭色貓，哪有可能沒發現許洛薇身邊的我是假貨？

「我就睡在妳旁邊難道還會搞錯？」玫瑰公主嗤笑。

「如果是力量比妳強大，還對妳催眠成功的存在呢？等等，也不用太誇張，類似蘇亭山的水平就可能得手了。刑學長和殺手學弟他們有危險！」我猛然驚覺。

刑玉陽的白眼是很厲害，但得要他處在發動狀態且瞄準目標才行，拿塊布遮起他的眼睛，也是一樣看不見。

蒙眼布……濃霧……難道敵方故意針對刑玉陽的特殊靈眼？

「魔神仔想將我們各個擊破？」我問許洛薇。

「先和白目他們會合比較安全，還好白目手段很多，搞不好我們比較危險，啊，不對，危險的只有妳。」許洛薇的妖怪化身配點全在攻擊力上了，精神防禦比較弱，她認爲自己不小心中個幻術情有可原，就算被騙到另外一邊，敵方還不是無法拿她怎樣。

許洛薇大言不慚放完話，命運立刻來打她臉了。

身邊水面開始冒出詭異氣泡，許洛薇身上的妖火照亮四周，也照出比伸手不見五指的漆黑更加駭人的畫面，腳下爛泥若有生命般劇烈蠕動，許洛薇第一反應就是將我叼離水面往岸上一丟。

我摔在濕草地上，靠著護身倒法和柔軟泥土沒受傷，就是大腿磕到一塊石頭有點痛。我緩過衝擊後立刻朝她看去，池水化爲漆黑水蛭不斷攀附著赤紅異獸，企圖將許洛薇拖入水底。

「靠！又是觸手！」玫瑰公主憤怒的嬌喊聲有點無奈。

「薇薇！」我本能想衝過去幫忙，卻被她丟來一團火焰擋住去路，同時燒得那些企圖爬上岸拖我下水的怪異水蛭一陣扭曲縮回水中。

「沒事，我還可以撐一會，妳先去找白目他們，說不定這玩意先沒力我就掙脫了，反正天亮大家一起曬太陽至少我比較能撐，再說我又不會淹死。」許洛薇樂天地表示，她還記得刑玉陽提醒過山中精怪害怕的重點，不是火就是日光。

明知許洛薇說得很對，我半秒鐘也不該浪費，雙腿卻像灌了鉛般沉重。

「好！」我忍住鼻酸咬牙說。面對如水泥牆般的黑暗，我的大腦總算被冰水澆醒，想起口袋裡總是隨身攜帶的小手電筒、哨子、指北針和打火機，我擔心在山裡夢遊走失，睡覺也不敢拿出來，連忙掏出小手電筒往前照。

雖然不知該怎麼回營地，眼下先遠離這座會吃人的高山沼澤準沒錯！往高處爬或到稜線上說不定有希望看見刑玉陽他們的燈光，反過來說也比較容易讓他們發現我的求救訊號。

主意一定，我開始尋找通往高處的方向，手電筒光線在三十公尺外斜坡掃中一個不應該存在野外的醒目物體——巨大的籐編箱籠。

箱籠很大，足足可以放下兩個成年人，蓋子四角附著固定用的繩結，此刻是鬆開的，盒蓋半啓，彷彿裡面即將爬出怪物。

之前我看過的山中怪談都說在森林裡遇到樓梯或沙發千萬不要接近，何況是這種像《廂雀報恩》傳說似的神祕箱籠，我不作二想立刻朝遠離藤編箱籠與沼澤的方向逃跑。

視野有限加上又濕又冷，在山上扭傷腳或摔斷腿就玩完了，速度快不起來，數分鐘後我赫然發現，自己竟然正朝箱籠移動，距離這玩意更近了。

果然連我也中幻覺了，環境這麼潮濕光靠打火機也燒不起來，事到如今還不如趁體力尚未用完賭一把，狠揍一頓那躲在箱籠裡的東西，說不定有轉機？

許洛薇被沼澤困住的畫面再度閃過，我渾身冒出殺氣，陸地是柔道的舞台，沒打過就認輸我不甘願，想要摔爛撕碎敵人的衝動壓過恐懼，我從未像此時此刻般明白，人類……說到底不過是野獸的一種。

確定逃不過魔神仔的迷惑，我決定在身子凍僵前背水一戰，箭步衝向籐編箱籠，將手電筒咬在嘴裡，雙手掀開箱蓋——

空的？

正驚疑不定時，四個瘦長高大的人影無聲無息包圍住我，手電筒的光掃過其中一張臉孔，我嚇得血液逆流，那應該是五官的位置只有一塊腐爛枯木，由樹枝、藤條和泥塊勉強塑出人形的四個怪物穿著不知從哪弄來的朽壞人類衣物，朝我伸出根本不能稱爲「手」的前肢……喵的這太恐怖了！

我豁出去抓住能抓的地方就要摔，對手卻不動分毫，混亂中我低頭看去，這些怪物腳下還眞的生根了。下一秒這幾團人形枯枝七手八腳交錯纏住我，將我整個人提離地面，我暗道不妙，不知是哪個用藤蔓綑住我的小腿一掀，蘇晴艾就被這些怪物頭下腳上塞進箱籠，還立刻蓋好蓋子綁緊。

原來魔神仔想綁架我。

身體一陣劇烈顫抖，四肢末梢傳來鈍痛，混著先前摔倒的疼痛，濕衣散發沼澤臭味，許洛薇不知奮鬥得如何了？身體傳來的訊息是我很快就會失溫，這倒是比被綁架還要致命的危機，現在的我卻無能爲力。

魔神仔到底有沒有常識？要綁我就別把我拖去泡水，不知道人類很脆弱嗎？果然還是主動照顧葉伯的犬神比較有sense。我在不斷晃動的箱籠中蜷縮四肢，期冀能減少一點熱量流失，身體依然越來越冷。

也許沼澤怪和枯木怪是不同魔神仔？神明如果派小花盯著許洛薇和我，應該不至於見死不救吧？等等，說不定神明覺得生死有命才符合自然循環，總之根本無法期待上天救贖，現在我只能靠種種亂七八糟的想法維持冷靜。

至少在箱籠裡吹不到風，大概能撐到天亮，之後還有命在再說。正當我這麼想的時候，一陣濃郁到令人想吐的花香立刻讓我頭暈難耐，渾身發軟。

意識消失的最後，我莫名其妙想起蘇亭山的師父也就是都鬼主曾說過的話。

——**魔神仔有時也想穿層人皮……**

Chapter 05 / 黑山主

一陣短暫的懸浮後接續落地的震動，我被搖醒了，仍在箱籠裡，從藤箱孔隙間透進的光點顯示是白天，這個箱籠卻還在移動，表示綁架犯不怕日光，情況更加不妙。

狹窄空間裡充滿溫暖的黑暗，還有無數沙沙聲，趁我昏睡時箱籠裡被放進許多乾燥枯葉，幾乎淹過我的肩膀，我隨手抓了一把揉碎，立刻傳來清新的植物氣味，被陽光曬透的味道，這絕對不是潮濕的加羅湖附近的植物，我已經不知被搬得多遠了。

這是不想太快殺我的意思吧？否則按照都鬼主對那些想附身的魔神仔評語，屍體它們也不挑的。

拜超越時空與意識的阿克夏記錄開閱者這個超能力之賜，睡眠或昏迷並不影響我的感應，甚至可能繞過表層意識使能力變得更敏感，我昨夜卻未繼續作夢，甚至在發生許洛薇被沼澤抓住的驚悚事件後，我也沒出現新的感應，這表示許洛薇應該沒出大事。

正如許洛薇說過的，活人恐懼的死亡對她來說已經無所謂了，她正好自由自在地打混。

我試著用手掌輕頂箱蓋，蓋子仍然封得很結實。其實就算逃出箱籠，我在原始山林裡也活不久，只能靜觀其變。思及此，我不由得聯想到那個被綁架的高中女生，她此刻不知有多麼絕望。

驚慌解決不了問題，我得冷靜下來相信同伴才行，話雖如此，顫抖的指尖和陣陣發冷的身體意味著我正徘徊在失溫邊緣，更糟的是開始發燒頭暈了，感冒藥和衛星電話都在遙不可及的背包裡。

漸漸地，空氣又變得濕冷，也許這些魔神仔又把我往低海拔與照不到太陽的地方搬運，當我忍到極限恨不得昏過去逃避現實時，箱籠終於落地了。

箱籠外出現窸窣聲，貌似在解開綁繩，過了一會直到聲音與怪異氣息都離開後，我壯膽推開盒蓋爬出去，發現箱籠被放在一處面積大約十幾平方公尺的平坦林間空地，悲傷的是我完全看不見任何山頭，四周都是樹，頭頂更是不見天日，種種環境特徵顯示我在一處山谷裡。

忽然間微風靜止，林子裡更是連一點蟲鳴鳥叫都沒有，隱約被某種巨大生物包圍緊盯的感覺令我毛骨悚然，喉嚨卻癢得受不了，忍不住咳了兩聲，超過半天沒喝水，我渴得要命。

在山裡得先煩惱失溫、口渴、飢餓，最後才需要擔心魔神仔長得多可怕，這就是現實。

「誰在看我？有種出來說啊！」身體越來越不舒服，我沒本錢跟這些非人耗下去了。

眼睛一花，斑駁樹影後竟出現火車大小的黑色物體，那看不見首尾的龐大身軀徐緩地滑行，我定睛再細瞧又消失了，眼前沒有任何被壓倒破壞的跡象，大小植物長得密密麻麻，連我想鑽過都很困難，根本容不下一列火車開通。

我朝出現幻覺的方向鑽了一陣子樹叢，差點踩空跌落陡坡，慌亂之下緊握樹枝的掌心被割出一道血痕，好在及時伏低身子穩住平衡。接著我每步都踩得小心翼翼，一條乾涸溪溝躍入眼前，在亂七八糟的樹林裡宛若一條小路。

摸摸口袋，缺乏地圖和相對位置，指北針有個屁用，只能祈禱小手電筒的電力能撐久一點。老實說，登山前的常識惡補，只讓我明白台灣是新生山脈，高低落差極大，一旦迷路順著溪谷下切容易卡在懸崖或深潭邊進退兩難，往稜線上爬反而有可能被直升機看到，但魔神仔把我擄到不知多深的山坳，我一沒有裝備二沒有經驗，計較這些已經沒意義了，只想找到綁架我的罪魁禍首，再不濟有點活水能解渴都好。

沿著乾溪溝走了大約四十分鐘，手上沒戴錶，也有可能沒過這麼久，以我目前的體能來說分分秒秒都在煎熬，往下走身體似乎稍微舒服一點，不再那麼喘不過氣，但我眞的要渴死了。眼前閃亮的小溪彷彿夢中仙境，又是幻覺嗎？魔神仔總算要開始騙我吃泥巴？

這隻魔神仔眉毛粗濃，大大的金綠色眼睛在黑色劉海襯托下宛若寶石，唇弓明顯，不語似笑，若非鼻子挺歸挺大致上還是亞洲輪廓，我險些以爲魔神仔也有外國品種。總之，就是三十歲左右的花花公子模樣，那頭誇張的長髮非常適合拍仙俠劇。

西裝長髮男朝我招手，我猶垂死掙扎搖頭，美色對我無效，但他腳邊的溪水該死地充滿誘惑。

「別怕，小妹妹。」

「你說不怕就不怕嗎？」我用眼神全力控訴眼前的綁架犯。

「你叫什麼名字？你到底是什麼？」對方會說人話，這一點令我一則以喜一則以憂，喜的是那身姿態已證明對方熟知人類做派，憂的是我身為靈長類的優勢恐怕不剩下多少。

「我的名字不方便告訴人類，妳可姑且稱我為黑山主。」

黑山主？這代號勾起我強烈的既視感，有如在哪兒聽過相似的詞彙，還是許多次。

「你們在山裡太脆弱也太招搖了，我豈能讓舍弟的恩人有個萬一呢？」西裝男子說。

舍弟？恩人？加上對仗的代號，我再猜不出來就是腦殘了！

「您是白峰主的哥哥？」其實剛剛瞥見的巨大爬蟲和我印象中的白峰主型態一模一樣，就差顏色相反，威壓感猶在白峰主之上，黑山主剛說出口我就信了。但他絕不是那一天在合歡山接走白峰主並呼喚蛇靈眞名的大山神。

倘若大山神麾下是連鎖企業，所有設三角點的山頭都有個山主或峰主，人類在山裡亂搞簡直不知死活。我忽然感覺黑山主的出現很合理。

「您的國語未免說得太好了，白峰主就不會說我們的話。」咬字不但是標準台灣腔還帶著少許原住民口音，由黑山主說出來又增添溫柔戲謔的味道，熱情又玩世不恭，我腦海中的跑馬燈下意識打上「女性公敵」的標題。

「弟弟若非墮落過久，他本該會說的。」黑山主不疾不徐道。

黑山主此語使身爲人類的我一陣羞慚，白峰主正是被貪婪人類綁架奴役，才會落得如今離嗜血妖怪只差半步之遙的下場，上次印象中白峰主似乎被大山神關禁閉了，刑期未定。

我立刻轉移話題：「請問我的同行夥伴呢？他們也在上回白峰主的回歸裡出了一份力。他們現在在哪裡？」

「已有適當安排，總之小妹妹妳大可放心。」

我從黑山主的話裡感受到強烈的敷衍，形勢比人強，只能先吞下去，再說我已經從溫千歲那邊學到這種說話方式差不多是要你閉嘴的意思了。

無論如何，黑山主這句話表示刑玉陽他們性命至少受保障，這條黑色大蛇應該也不至於讓山裡的精怪弄死人丟他面子吧？

我鬆了口氣，走到溪水邊蹲下，掬起一捧水打算解渴。

忽然一團冰涼觸感滑進領口，飛快纏繞脖子一圈再強硬地拉起我的下巴，我嚇得動彈不得，傻傻望著用長髮纏住我要害的黑山主。

果然是僞裝成長髮的尾巴嗎？蛇就是蛇，就算變換人形也不愛動手。

「地面水不乾淨，起來，本山主請妳喝茶。」黑山主說完刷啦啦收回髮尾，逕自轉身邁步，我則被逼出一身冷汗。

也怕喝到寄生蟲的我恭敬不如從命，並非不恐懼，只是連東南西北都分不清楚的我，在深山裡一個人還逞強就太蠢了，此刻竟連白峰主的哥哥都能說是某種程度的熟識。

我只好繼續忍著飢渴跟隨西裝男子前進，不敢與他並肩，只是稍微落後幾步追著，過了一會兒，黑山主主動伸出手。「人類，像妳這樣要走到何時？」

太親切了！親切到令人頭皮發麻！完完全全騎虎難下。往好處想，至少人家沒有嫌煩直接叼著妳走！蘇晴艾，妳也是個和下流妖貓混到熟爛的人了，注意氣勢！

握住黑山主令人困擾的友誼之手，不意外很冰涼，果然是爬蟲類的體溫，對方俊美的臉泛起一抹玄妙笑容，我懷疑他可能正在評估眼前的人類肉質是否鮮美？

接下來每隔一小段路便景色一換，風向與林相屢屢變易，黑山主疑似用了縮地千里的法術，或者山神本來就是這樣移動，我渴得受不了，又擔心其他人，下意識將黑山主的手抓得更緊，他則回握了一下。

終於，頭暈目眩的行程結束了，我來到某處峭壁底下，立足處是一塊碎石空地，距離地面二、三公尺處有一條巨大橫向岩石裂口，裂口深處黑幽幽的，就像這些山神原形的巨嘴深喉。

峭壁左方有山泉流瀉，白花花的小瀑布流過平坦岩床，匯成十平方公尺左右的水潭，水潭散發冷冽寒氣，古怪的是裡頭毫無落葉和水生昆蟲，清澈得不可思議，讓我聯想到神酒之類的存在。

黑山主讓我隨便找位置坐，身影一晃消失無蹤，我則再度抵抗小水潭的誘惑，**毋須多禮，快點來杯水吧！**

過了一會兒，又是眼皮一眨黑山主就出現了，手上端著黑釉日本陶杯，強烈的咖啡香氣環繞西裝男子四周。

不是說要喝茶嗎？我直覺陶杯裡裝的一定是黑咖啡，能把咖啡泡得那麼香還穿著西裝的山神絕對在品味上有不尋常的龜毛。沒有牛奶和糖的前提下我壓倒性地比較愛喝茶，不過算了，現在有熱飲喝就該謝天謝地了。

我感激地接過熱咖啡，握著陶杯感受溫暖，黑山主則興致勃勃地等我對他的手藝發表感想。

我擔心咖啡還很燙，想晚點再喝，隨口讚美陶杯工藝不凡，黑山主笑意更深：「這是我上一任巫女留下的茶杯，她可喜歡燒陶了。」

這句話怎麼聽起來像是有特殊含意？我寒毛都豎起來了。

「那位巫女後來呢？」

「壽終正寢後到南部去擔任某處峰主。眞懷念啊！吾輩要找個好侍者實在是可遇不可求。」黑山主喟歎完看了我一眼。

「喔。」我立刻低頭以口就杯。

還好咖啡的溫度比我想像中還適飲，我很自然地用刑玉陽教過的方法品味黑咖啡香氣口感，以免等等發表感想時馬屁拍到馬腿上。喝不到兩口，我猛然抬頭：「這不是『虛幻燈螢』的新款綜合豆嗎？」

前陣子刑玉陽想換新的美式咖啡配方，把在家很閒不怕被咖啡因擾亂作息的我拉去當實驗品，千杯再千杯，簡直就是噩夢般的試飲經過，就是爲了泡出連我這種木舌也能接受的黑咖啡，又不需耗費太高成本，導致別的產地豆我不見得喝得出來，但黑山主手上這杯新品項，我死也不會忘記！

守夜鐵定得用咖啡提神，因此刑玉陽也帶了不少咖啡豆，爲啥他的隨身行李物品會落在黑山主手上？退一步說，他都把我們的行李帶過來這邊，應該不會將缺乏補給的人類扔在原地？難道刑玉陽和殺手學弟此刻近在咫尺？

許洛薇和我受到的襲擊又是怎麼回事？黑山主想找我來不需要搞這一齣，不如好好表明身分後我還樂於從命呢！畢竟要打聽葉伯消息，還有比山神更專業的來源嗎？

「這小子帶的咖啡還不錯，比我的手下買回來的亂七八糟豆子好。」黑山主一點都不覺得就地取材有何不對，我當然只能誇讚黑山主心靈手巧。

空腹喝黑咖啡的滋味有點酸爽，真想把背包裡的科學麵拿出來搭配。

我在立刻提出歸還行李請求或者等混熟以後再說兩種選項中掙扎，默默覺得第三種被強迫交換物資的可能性更大，黑山主看起來對加工文明食物很感興趣，沒準他會收歸己用然後拿山裡的食材叫我們收下。

主將學長時代的柔道社有一回暑訓紅白對抗的輸家隊伍處罰，就是吃部落美食飛鼠大便，某個原住民學長還特別興奮地捐贈了一大罐。不幸落敗丟分的我無法倖免，不過後來為了證明自己沒有種族歧視以及展現愚蠢的男子氣概，依舊是人人都吞了一口，有些傻瓜還猜拳加碼吃好幾口，這讓本來就註定受罰的我有點安慰。

重點是，飛鼠大便這麼魔性的野味都吃過，即使山神餵我魔神仔風格的食物，只要沒毒、可以消化，我似乎都能夠看得開。

「綁馬尾的學長是開咖啡店的專家，黑山主大人你喜歡咖啡的話，拜託他用進貨管道每個月幫你選不同的咖啡更划算，現烘才新鮮！我還認識莊園豆玩家！」我不留餘力替自己人找退路，總得要讓我們平安回家才能寄供品給您嘛！

「小妹妹妳也夠努力了。」黑山主嘻笑帶過。

樹叢後傳出窸窣聲，我立刻放下茶杯準備防禦，數秒後一個人撥開枝葉走出來。

「小艾？妳怎會在這裡？」

「葉伯！」尋覓目標忽然現身，我高興得說不出話來。

葉伯穿著舊棉襯衫與工作長褲，脖子上掛著一條毛巾，白髮微濕，腳上穿著草鞋，表情清爽，臉色紅潤，怎麼看都像是剛洗過澡的模樣。

「你穿這樣不冷嗎？」我三步併作兩步跑到葉伯面前，確定不是錯覺，老人身上真的帶著出浴後的熱氣，林子裡難道有通往妖怪客棧的任意門？

「妳怎麼沒穿外套就跑出來？臉色這麼差！」葉伯握住我的肩膀急問。

「我和薇薇、刑學長還有葉世蔓來找你啦！誰教你失蹤這麼久！大家都很擔心！」我揉著發紅的鼻子，激動到有點想哭。

即便相信媽祖娘娘，但我心裡又何嘗沒現實地想過葉伯罹難的可能？殺手學弟更是做出最壞的打算準備報警搜山了，現在確定人沒事再好不過。

「憨囝仔。」葉伯語氣複雜，末了只是緊緊握著我的手。

我感激地望向黑山主，他盤起一隻腿坐在岩石上，長髮垂瀉如泉水，笑咪咪的表情彷彿在說：喜歡這個驚喜嗎？

「謝謝。」我對黑山主說。

黑山主搖了搖食指道：「先別急著謝，此事與本山主無關，我不過做個順水人情把妳帶到這兒來罷了。」

「您不就是媽祖娘娘的寄信對象了嗎？葉伯也在這兒。」我說。

「這裡是舍弟的巢穴，原本爲了迎接他的人類新娘，費了番苦心引了一寒一熱兩處泉水，又營造出四季如春的結界，可惜他離巢多時，結界效力大減，泉水倒是沒變。」黑山主說。

原來葉伯剛剛是去泡溫泉了，我也覺得此地空氣比起我剛剛經過的溪谷都要溫暖，雖然還是偏涼冷，白峰主最初期待的應該是創造一處蝴蝶飛舞的美麗仙境。

「白峰主還好嗎？」如果在的話早該出來，難道是被大山神關到別處去了？

「大君和媽祖娘娘達成協議，讓舍弟去執行你們漢人神明的委託任務，換取不被鎮壓在巢穴下方的有限行動自由，這位信使葉枝國必須留到任務完成之時負責見證，成敗再議，當然，我們也沒有虧待他。」黑山主爽快交代重點。

葉伯點頭，表示黑山主所言非虛，然而老人似乎又有著某種難言之隱。我相信黑山主說的都是事實，但眞相肯定沒他說的那麼簡單。

「要是任務一直沒完成，葉伯也要一直等下去嗎？」我問。

黑山主笑道：「是媽祖娘娘委託的日子尙未到來，可不是我們扣著人不放。詳細的時間本山主不能透露，然則，是限定在不久後的某一天，那個日子一結束，無論任務成功或失敗，舍弟都必須返回巢穴聽候大君發落，葉枝國也得回去稟報結果，畢竟這就是他的職責。」

「原來如此。」最大的疑惑已經釐清，剩下的不是人類該介入的領域，我沒有窮追猛打的興趣，只要殺手學弟能接受葉伯還要繼續留守的事實就好。

「可否讓刑玉陽和葉世蔓過來呢？葉世蔓很擔心他爺爺，我也很擔心他們兩個，還有許洛薇，您應該從白峰主那邊聽說過她，薇薇的情況雖然有點複雜，她依然是我的好朋友。」我小心翼翼地提出要求。

「小妹妹，即便我們非屬凡物，有些習性仍然相關，比如說，把雄性帶到巢穴就是一種禁忌，除非是屍體，妳懂了嗎？當然，替媽祖娘娘辦事的葉枝國例外，況且他是老人了，多多少少可以豁免，我也喜歡和老人家說話，哪怕葉枝國對本山主來說還是很稚嫩。」黑山主說。

我點頭如搗蒜。

「假設我離開此處巢穴定義的有效範圍，是不是就能和男性同伴見面了？」我必須確認這此異類的遊戲規則才行。

「可以這麼說。」

黑山主的回答還是很曖昧，我猜他沒說出口的下半句是「只要妳有這本事」。

「至於許洛薇……」黑山主見我豎起耳朵，頗覺有趣地將一縷長髮掠至耳後，咧嘴一笑，我這時才發現他的犬齒細長略彎，就像電影裡的吸血鬼，也是蛇牙的表現，不過……可以節省多餘的電力浪費嗎？瞧黑山主的風流態勢要電暈一打人類新娘都不成問題。

該不會是有這種把桃花都吸走的哥哥壓力太大，印象中超木訥的白峰主才物極必反離家出走找新娘，還猴急到連續中了只婚契無洞房和誤飲人血兩個大陷阱？

就在我忍不住想催促黑山主別賣關子之際，肚子發出一陣響亮咕嚕聲。

我與黑山主面面相覷，黑山主睜著漂亮的金綠色眼睛，驀然哈哈大笑。

「都忘了人類孩子得費心照顧。葉枝國，領她去吃點東西弄暖身子，真生病就不好了。」

黑山主說。

「等等，先告訴我許洛薇怎樣了！這對我來說很重要！」

「一言難盡，留著當宵夜談資，我也得先去巡巡自己與舍弟的領地了，這些年舍弟的地盤都由我代管，我倒是希望至少這次他能掙回在自家地盤上的主事權，省得本山主還得爲他多顧幾座峰，連和美人約會的時間都不夠用。」黑山主說完又不見了。

葉伯把我帶到裂口內側山洞凹處的避風點，地上放著幾根用過的蠟燭，有熏香型的也有祭神用的紅蠟燭，應該是黑山主叫手下蒐集來送給葉伯的照明物資。一個大保溫瓶放在旁邊，三顆大石頭擺成古老的爐灶，上面架著一口不鏽鋼鍋，看來就是葉伯的煮食工具了。

凹凸不平的山壁上擺了不少野菜和根莖果實，還有塞在裝水大竹筒裡的幾尾活魚，對野外生活無能的我來說簡直就是盛宴了，山神果然是慷慨的。話說黑山主還真不打算把背包還我了？裡面除了食物還有其他女生必需品啊，唉！

自從吃過葉伯的魚雜粥，我就對他的手藝念念不忘，葉伯拿著野薑花塊根和有大有小的溪魚說要替我煮小米魚粥，我乖乖看這位長輩嫺熟地料理現有食材。

「葉伯，你不擔心葉世蔓嗎？」我問。

「憨慢仔來都來了，孫子大了也管不住，別給妳那個學長拖後腿就好。」葉伯把活魚帶到寒泉旁處理，用柴刀刀尖刷地剖開魚腹拿掉內臟，把魚雜往樹叢一扔，我隨即聽見一陣祟動衝向內臟落地處，肯定有某些東西正搶食葉伯不要的魚內臟。

我繼續跟進跟出，葉伯把鍋子都裝滿了，看來是要連孫子和刑玉陽的份一起準備，粥可以慢慢燉著又好消化。

時間就在熱氣蒸騰中流逝，葉伯又在粥裡加了些鹽巴和高粱酒，我看得口水直流。

我不禁想，葉伯到底接受過多少次非人護航的任務，才會如此嫻熟？料理技巧也好，一個人度過白天黑夜的孤獨也好，還得在妖怪環伺中前進。

有一種痴心，執著到不顧安危，超越生死，連質疑也不存在的，所謂信仰，我在葉伯身上看見人類對神明最深的依戀與嚮往。

「媽祖娘娘是什麼樣子的？」葉伯抬頭望來，我趕緊補充：「不是問娘娘的長相，我只是想知道你是怎麼認識媽祖娘娘，還爲祂辦事這麼多年？我在被冤親債主纏上以前不太相信有神明。」

葉伯神情悠遠，回想從前。「我還是囝仔時就能聽到娘娘的聲音，只是那時候我還不知祂是神明，祂很有正義感，也很照顧無父無母的囝仔。」

「我替祂做事的契機……七歲還是八歲時，不記得了，媽祖娘娘說台灣那邊有個商人在找養子，祂可以幫我進去那戶人家，不是阿北臭屁，我囝仔時代很會讀冊。」葉伯笑了笑，我則知道那就是葉伯命運的轉捩點了。

「可是你不想去。」

「我問那個聲音會不會陪我去台灣，那個聲音說祂受澎湖人民的香火，要保護這些島上的人。我那時只知道祂是被拿香拜拜的對象，那就是神明了，我說我要留下來和神明在一起，神明說我不去會後悔，我還對祂嗆聲咧！」

葉伯說，那個聲音告訴他，如果葉枝國要跟隨祂，就要有一輩子流血受傷吃苦賺不到錢的心理準備，而且可能找不到老婆。當時正處於「男生女生一起玩就是羞羞臉」階段的葉伯覺得沒差，後來他還是有結婚，只是那段婚姻沒持續很久。

葉伯也是跟著島上幫神明做事的耆老磨合好些年，之後通過乩童考核，葉伯是決定了就要幹到底的性格。

「我說出去大家都不信，娘娘其實很會打架咧！我年輕時，娘娘只要一被信徒還是別的小神拜託幫忙，就算要踩過其他神明的地盤，不管台灣哪裡的妖怪惡鬼，娘娘還不是一艘小船帶著我偷偷過去打？戒嚴時期一次也沒被國民黨軍隊和警察發現～」葉伯摸著柴刀刀脊得意洋洋。

我聽了只能五體投地，所以才有錯砍犬神那段往事。

「後來經過差不多十年，媽祖娘娘忽然變得溫柔斯文，加上那時我要結婚了，娘娘希望我好好照顧家庭，日後就沒有那種跨島打殺妖精的行動了。」葉伯神情有些落寞。

並非葉伯後來接的神明任務就不困難危險，而是那種非正規的親密戰鬥已經不會再有了。

「一眨眼，頭毛都白了，人也老了，這是我最後一次替娘娘辦事，希望能夠諸事圓滿，我也可以沒有遺憾。」葉伯幾乎是用祈禱的語氣這麼說。

「葉伯你這樣叫作老，爬到加羅湖就喘吁吁的我們怎麼辦？」我一拿到半碗小米粥趕緊攪拌吹涼，同時不依地抗議。

葉伯沒再多言，只讓我吃飽了快點躺在乾草上睡覺，等我睡醒再帶我去泡溫泉，洞窟裡沒有被子，他拿了外套和雨衣給我蓋，不顧我央求他保留外套自己用，葉伯說天色還亮而且他也已經生了火一點都不冷。

葉伯沒把話說得很白，他知道我已經發燒了，接下來可能會生病，但他無法放棄任務，而我想走也得問這些山神願不願意放人，恐怕是不想讓我恐慌才什麼都沒說。

目前最佳做法就是趁症狀還不嚴重靠免疫力撐過去。

「葉伯，王爺有派手下注意我們，就算跟丟了，那位吹嗩吶的前輩也會回去報告，不會有事啦！」我也是有靠山才能這麼淡定，目前最讓我擔心的就是被水蛭沼澤纏住的許洛薇了，不知她脫困了沒？

「囝仔，你們不該跟過來……」我落入夢鄉前，依稀聽到葉伯這聲嘆息。

□

醒來的第一眼感受是洞窟很暗，蠟燭光有點刺眼，關節痠痛，身體沉重，ＡＲＲ超能力未發動，情報部分沒有任何進展，這一整天我等於都在昏睡。

「葉枝國，你們這個小妹妹怎麼這麼弱？」黑山主富有磁性的聲音。

「是大人帶她來時太欠考慮，還害她著涼。」葉伯口氣有點重。

「本山主是救她一命，怎變成我的不是？」這個角度看不見黑山主模樣，想必又是玩世不恭的態度。

「白峰主的屬下對小艾和薇薇做的好事，您也不能說毫無責任，畢竟那條白蛇暫時還受您差遣，不是嗎？」葉伯語帶諷刺道。

「這倒是，所以本山主不就出手了？那隻日本狗也真多嘴。小妹妹，既然醒了就別裝睡。」

黑山主說完我立刻起身，腰痠背痛同時襲來。

「我沒裝睡，只是腦袋還昏昏的。」我本來就沒打算偷聽，光明正大聽才能問問題。

「行了，坐著吧！否則葉枝國又要埋怨我虐待病人。」黑山主隨意揮了揮手。

葉伯隨即又端了半碗已燉得綿爛的小米粥給我。我胃口不是很好，勉強還吃得下，對葉伯道謝接過粥，腦袋還在消化剛剛意外聽到的消息。

「請問，白峰主的手下爲啥要攻擊我和薇薇？」原來我半夢半醒時看見的那條白蟒不是錯覺。

「這要從舍弟回歸後的一連串必要手續談起來，自從他離開後的數十年間，手下不是死了就是改依附其他山頭，再說舍弟本來就沒有固定勢力，如今更可說是一無所有。」山神圈子也是很現實。

「所以您是認爲白峰主需要重新招募手下嗎？」我有點想不通，白峰主不是正受處罰中？增加手下應該不是他優先考慮的事。

「實際情況是，有許多精怪急著表現，爭取青睞成爲舍弟的附屬，但我們不隨便開放名額。」黑山主說。

後來我才知道，像黑山主、白峰主這種巨型山神根本不缺黏上來的迷哥迷妹，至少不是所有峰主都像白峰主那麼龐大，想得到能被山神差遣的資格難度不亞於人類考高普考當公務員，看來這就是地方妖精的最佳出路了，果然競爭激烈。

「有個妖怪自作聰明想討好白峰主，這和攻擊我們有啥關係？您說我是白峰主的恩人，那傢伙難道不是該討好我嗎？」妖怪的邏輯又頑皮了？

「小妹妹，妳知道所謂的『峰主』是怎麼來的嗎？」

「那個在空中的很神祕的大山神指派的？」

「當然有這種情形，不過最常見的還是強者爲尊，要是看上某座山頭，攻下來就是你的了，換句話說，就算是大君派的代表，守不住也沒用。」黑山主燦笑。

「那您的山主之位該不會也……」

「一樣，大家有時候一個位置待膩了也會問其他山主給不給換，當然一座山包括許多峰，管理難度自然不同。」

這是黑手黨的世界嗎？我聽得冷汗涔涔。等等！該不會就是這些妖精物怪江湖內鬥消化了大部分的存在感，人類社會迄今才能保持妖怪不存在的普遍唯物觀念？

「舍弟早就能問鼎山主之位，可惜他死守這處祕境，說要與未來的人類新娘平靜隱居白頭偕老，打死也就是個峰主了，有個不長眼的山主想要擴大地盤還被他吞了補充營養。」黑山主托腮斜倚岩石道。

要從哪裡開始吐槽呢？我竟然也有如此無能爲力的時候。

「趁舍弟將功補過的空檔，我想爲他找個人類侍從，如同我曾經的巫女一樣，與他朝夕相伴，慢慢化解他因人類而生的怨氣心結，舍弟的孽障已經很重，放著不管還是會逐日惡化變成眾山主的狙殺對象，山林不允許失控的峰主擾亂平衡。」黑山主冷不防切入重點。

我認爲黑山主的考量有道理，但……「非得是人類嗎？同類不是比較有話聊？」總覺得情況開始往我不想看到的方向發展了，黑山主想爲弟弟找個撫平精神創傷的侍從，就這麼巧有一團人類進入白峰主的巢穴地盤。

「非也，我們普遍比較喜歡由人類奉祀，一來更有趣，二來要處理不同種族間的問題也比較方便，更別說現代人侵犯山林與漢人神明帶來的麻煩了。」

原來是人類當翻譯機和潤滑劑最稱職的意思。

「我那任性弟弟過去只喜歡活人女子，否則我的巫女去世後可是個強大的美人，他偏偏不懂得欣賞。可惜他現在極端討厭女人，連女人模樣的東西都不想看到，這款精神病不知何時才能治好？」黑山主唏噓道。

「……白峰主遇人不淑，不是所有女生都會壞心欺騙痴情的男生。」我只能這麼說。

「我也是這樣想，怎能爲了一片樹葉放棄全島山林呢？然而這次可得慎重行事。」黑山主撫摸著西裝前襟，輕輕彈去不存在的灰塵。

我等著葉伯發表意見，但他遲遲沒說話。

「回到奉祀的話題，最近有個不請自來的後生晚輩推薦一位據說很合適的侍從人選，不過，是個男人。」黑蛇山神寡然無味撇了下嘴。

「但本山主更屬意小妹妹妳——處子永遠是我們壓倒性的首選，手把手試過後更是滿意，難得有年輕女孩膽量好，性情單純易相處，還曾阻止舍弟狂化，當時已經非常厭惡女人的舍弟獨獨接受了妳，簡直沒有更好的人選了！」黑山主高興地說。

答應牽手被帶著逛來逛去就算通過考驗了？大哥你不能這樣放水啊！

「您要是肯給我的學長和學弟機會表現，他們比我勇敢優秀多了。」雖然我敢肯定刑玉陽和殺手學弟沒一個想祀奉蛇靈，焦點一直集中在自己身上實在太危險了。

「我幹嘛要給臭男人機會？是處子或傑出的神覡還可以考慮，哈！」

看樣子黑山主沒發現刑玉陽的元神眞面目，話說回來，刑玉陽的魂魄封印一定很恐怖，他才會除了不小心露餡的一枚白眼外幾乎沒有其他威能可倚靠，一路倒楣迄今，一想到刑玉陽在人間的歷練挑戰也包括料理我的問題，蘇晴艾與有榮焉。

我和許洛薇是被打算黑箱操作自己人上位的白蛇妖怪遷怒陷害了嗎？現在硬拗我是角翼貓的巫女不知能否混過去？總感覺黑山主太了解我們的事，情報源恐怕不只透過白峰主而已，怎麼辦？

「可是我毫無從事神職的打算，相信白峰主不會勉強。」我鼓起勇氣直視黑山主散發著螢光的異類雙眼。

「確實無法勉強，必須雙方合意才能簽訂契約，舍弟還不知道有這回事，本山主則想趁尚有時間稍微進行遊說，萬一不成，對象換成葉枝國我勉爲其難接受。」黑山主語出驚人。

「葉伯年紀很大了，再說他就算沒退休也是媽祖娘娘的人。」我以爲葉伯根本不會在選項內，其實就算超級乩童的葉伯退休了還是有很多地方神明搶著要，溫千歲就是其中一個。

「正是媽祖娘娘建議葉枝國來舍弟這裡供職，然而，那張文書上沒有說死，要不要還是看葉枝國個人決定。魂魄也能擔任侍從，沒限定非得是活人。」

「葉伯，是眞的嗎？媽祖娘娘怎會那樣做？這不是讓人無法好好投胎？」我無法想像媽祖娘娘竟想把祂最忠誠的信徒趕出去。

「娘娘安排自有道理。」葉伯苦笑。

黑山主深嗅一口。「葉枝國身上滲著很重的血腥味與複雜怨念，恐怕這一生與精怪結了不少仇。小妹妹妳身上也有，只是非常淡，可以忽略不計。」

想起曾在絲瓜田中與我對峙的蛤蟆精。直接出手殺妖怪的不是我，但溫千歲掃蕩地方妖怪後，倖存者的怨恨對象依舊包括參與那場戰鬥的所有人。路人如我尚且被遷怒，與妖怪纏鬥多年的葉伯血債不知該有多深。

「人間多的是死後不想投胎選擇繼續修行的人魂，但妳得有這個能力與機遇。一投胎就會遺忘因果，前世造業沒能償還，下輩子被冤親債主拖累，冤冤相報。妖怪也差不多，只要不死，就有希望補償，舍弟便是個例子，他欠了人類的命債，必得償還方休。」黑山主道。

這時候黑山主還眞有山神的樣子，我默默感佩。

如同與犬神和解一般，葉伯也必須因爲年輕時觀點立場不同的殺戮，跟這座島嶼的異類和解，最直接的做法就是到妖精大本營服侍非人種族的山神，再透過侍從身分接觸結過仇的眾生彌補傷害。

「無論生前死後，我都想跟著媽祖娘娘修行。」葉伯很直接。

「也許再過幾天你會改變看法。」黑山主托腮微笑。

我隱約看到兩塊打火石正喀嚓喀嚓撞擊冒出火花。

葉伯可是有拒絕媽祖娘娘保送他當商人養子的前科，再說媽祖娘娘只是提議讓葉伯自己決定，以我對葉伯的認識，他一定寧可受業障荼毒也不想服侍蛇靈，黑山主卻一副胸有成竹的模樣，背後顯然有鬼！

更奇怪的是，我以爲葉伯會強硬拒絕，老人眼神卻有些搖擺不定，只是還嘴硬著。

葉伯固然經驗豐富，可惜一提到媽祖娘娘他就像小孩子一樣頑固直線條，相反地，黑山主卻是一頭與時並進的老妖精，蛇的耐心不能小覷，我也進了獵物名單，同情白峰主是一回事，我可不想把自己賠進去。

「剩下的侍從候選人是誰？我認識他嗎？」越來越不安了。

「時間差不多了，好戲上場。」黑山主往山洞外走去，我與葉伯立刻跟上。

Chapter 06 / 娘娘的小刀

照耀在峭壁上的月光似乎特別明亮，裂口外的碎石空地在入夜後還是能看到些許輪廓，小水潭波光閃爍，邊緣還移植了一叢桂竹，竹筍來源和竹編材料都齊了，正如黑山主所說，此地是受到白峰主力量庇佑的祕境，要是能掛上幾盞燈籠，鐵定美得如夢似幻。

砰的一聲，天上掉下一紅一白兩隻怪獸，擁有火焰毛皮與銳利爪牙的角翼貓身上纏著一條粗細如同女子腰身的白蟒，兩方打得不可開交，角翼貓始終緊掐著白蟒三寸要害，迫使白蟒無法吞咬攻擊，白蟒則纏繞絞緊，導致角翼貓難以伸展翅膀。

乍看雙方陷入苦戰，黑山主卻皺起眉頭，我也發現實際是許洛薇占上風，畢竟只要她忽然變小，白蟒根本纏不住她，許洛薇故意保持纏鬥狀態玩弄獵物，引誘白蟒回巢穴討救兵，她才能趁機找到我；玫瑰公主有時聰明得令人髮指，但你永遠找不到天才與白痴之間的切換開關。

角翼貓的爪子完全陷入蛇身，將白蟒暴力按壓在碎石上，低頭以獨角抵住白蟒下顎打算刺穿對手頭部。

「薇薇！不能殺！那是白峰主的手下！」我趕緊出聲阻止。

「她先惹我們的耶！戳一下應該不會死吧？妖精不是虛幻的嗎？」與奇妙獸身呈現巨大反差的是一把嬌嫩慵懶散的女聲，女孩帶笑的嗓音毫無激烈戰鬥的緊張情緒。

「恐怕會死，這孩子最近才重新得到肉身，修行不易，還請美人高抬貴手。」黑山主及時介入代為說情。

黑蛇山神表情有些乏味，我猜他原本期待許洛薇和這條白蛇打成勢均力敵，沒想到許洛薇游刃有餘玩弄對方。看到這裡我也有點迷糊，薇薇何時這麼強了？更詭異的是，適應獸身對她彷彿毫無困難，但她靠附身在小花身上出門亂跑就能學會這麼多戰鬥技巧嗎？

「妳會飛了？」她和大白蟒剛剛從半空掉落。

「還好吧？從懸崖上跳下來，有一半應該算滑翔。」

許洛薇還真的沒有跳樓摔死的陰影，倒是我聽她這樣自誇，心情立刻灌了水泥。

「黑山主大人問妳能不能放過這條白蟒？」雖然她企圖把我騙進沼澤裡淹死——對，我覺得這條巨蟒是「她」——對我有某種微妙的敵意，這種敵意我經常在學校女孩子身上感受到，只不過那些女孩子瞄準對象是許洛薇，親身體驗還是第一次。

「美人，聽說妳平常是人類型態，別為了這條蠢物弄髒自己的手……呃，角？」

玫瑰公主向來尊重美男子意見，更重要的是，她其實很會看人臉色，只是想不想配合的問題。

「哎喲！帥哥你講話這麼客氣！叫我薇薇就可以了。」許洛薇從善如流變回紅色小洋裝的日常裝扮，風情萬種地撩著長髮。

黑山主將她從頭到腳打量一遍，目光驚艷。「眞是奇妙的例子。」接著黑蛇山神意味不明地看了我一眼，我想說閣下您也很奇妙。

「她明明只是魂魄，爲什麼可以抓住我……」奄奄一息的白蟒不敢置信。

「宏觀地說，我們都是量子。」許洛薇不懂裝懂道。

「咦？妳也會說人話？其實大部分妖怪都會說人話嗎？」我對妖精物怪其實沒有先入爲主能流暢對話的期待，畢竟連人死變成的惡靈都很難溝通了。

「剛化形就會說人語的妖怪還是挺稀有，本山主就當成加分條件替舍弟作主收下這個手下了。」黑山主完全展現出兄代父職的氣勢。

「白峰主還沒承認她嗎？」我搔搔臉頰。

被當成白峰主的巫女備選的確是可能刺激到蛇靈的女性手下，尤其白峰主有厭女情結，幾乎可以肯定白蟒倒貼得非常用力，但人家不太領情。

「舍弟過去就愛獨來獨往，但也不驅趕進到地盤的無害生物，因此被人類抓住那麼久也沒個得力助手去救他或通知我。」黑山主道。

我留意黑山主在說話時，白蟒大氣不敢出半口，看來黑山主更像是實質上的主人。許洛薇則是得了黑山主的誇讚心花怒放，正努力欣賞西裝長髮帥哥中。

「等等，你們兄弟倆不是住得很近嗎？」

「舍弟被人類封印時，我還在幾千公里外的無人島當島主，像我們這種大型存在，小時候要是離得不夠遠，食物不夠吃加上獸性還不能控制，很快就會把對方吞了。大君邀請我回來此島彌補合格山主不足的問題，其實我們的祖先就是在這座島上誕生，你們經過的日本狗地盤，上一任山主就是我阿姨，可惜已經墮落成妖嗜食人肉，目前伏藏閉關，也是個要小心的對手。」黑山主眼也不眨地爆料。

我不禁抖了一下，瞪向許洛薇，她誇張地搖頭，表示對人肉沒有不軌企圖。

「所以您是那位大山神找來的救援投手？必要時候可以一打二？但您還是希望白峰主可以恢復靈性？」黑山主是在幫助我了解狀況嗎？

「我的族類已經極端稀有，咱們又不修仙登天，各有各的劫難要應付，我也就占了處地盤等舍弟歷劫歸來，沒想到他執迷不悟，差一點沒救了。」蛇靈之間顯然沒有替對方叫救護車的習慣。

「那位大BOSS也夠鐵血了，幫一下還好吧？」許洛薇插嘴問。

「美人想必有過遇劫蛻變的經驗，瞧妳的姿態就能明白。攔了舍弟的劫難對他或我皆非好事，妳和人類小妹妹也得留心這項天地規律才行。」黑山主語帶機鋒地對許洛薇說。

我聽著聽著莫名其妙有些心虛。

「是嗎?我沒印象了。」許洛薇說。

黑山主垂眸,目光如箭射向癱軟在地的大白蟒。「妖怪禮儀當如何?」

白蟒一悚,立起上半身盤成一團,鱗片出現凹凸起伏變化,身影顯得模糊,我忍住揉眼睛的衝動。白蟒的變身比許洛薇慢,耗費了幾個呼吸後變成穿著白綢深衣搭配水袖的古裝美女,那張臉龐果然雪白艷麗,黑色虹膜與血紅瞳孔也很有妖怪特色,問題是……

「手腳和屁股呢?怎麼還是一條?」許洛薇按著額頭,替白蛇女捉急。

白蛇女用水袖藏住沒有手臂的遺憾形體,變出頭胸部已經是她的極限了。剩下部分還是大蟒蛇,或許是補償心理,她的胸比許洛薇大了兩個罩杯。

大面積還是一條蛇,難怪三句不離美人的黑山主毫無反應。

「這小丫頭用了某種途徑跳級取巧,偏偏運氣好讓她撿到便宜。本來要達到化形階段起碼還得再修個一百年,變是能變了,靈力不足卻變得不倫不類,都是沒長輩家教的錯。」黑山主評論道。

「妖怪有禮儀?」許洛薇現在補修來得及嗎?山神看來不好混,還需要特殊專長和種族底蘊。

「比人類繁瑣多了，我們很久以前經常和其他妖族還有天地間的各種神明打交道，可以的話，盡量都會變成人形以示尊重，也方便溝通，對強大神明如此，對弱小人族亦如是。」黑山主解釋。

「您應該不是單純替我們上課吧？」我感覺黑山主在鋪陳某些東西。從他擄了我來，放生許洛薇，隔離刑玉陽和殺手學弟，葉伯不自然的踟躕，到處都透著算計痕跡。

「因為這丫頭對人類做了失禮的事，必須付出代價，而本山主則有責任監督她能否作為妖怪獨當一面。她是在人類村落長大的蛇魂精魅，用人類的話，就是人工養殖品種，對妖怪規矩一無所知。」

「代價？」聽起來不是好字眼。

「妖怪規矩是啥？」許洛薇和我抓到不同重點。

黑山主搖頭道：「她替某個人類提出成為舍弟侍從的要求，還自作主張『考驗』被我看上的妳，想確定妳是否贏過她的人選，蘇晴艾，這樣一來本山主不就得被迫考核那個她推薦的男人以示公平了嗎？」看樣子黑山主本來是想直接把人刷掉。

「欸？難道那個男人不是自願應徵白峰主的侍從？」我總算回過味了。

「我覺得這種工作地點，正常人好像不會想自願過來吧？」許洛薇抓緊時機吐槽我。

「那男人雖然被蒙在鼓裡，但山裡有山裡的規矩，一旦開始競爭就必須分出勝負。」

「非自願被代表也一樣嗎？」這我不能認同！

「如果有『契約』的羈絆，沒錯。正如父母有義務爲子女負責，小妹妹妳和薇薇美人也一樣，妳們可以互相代表，這丫頭也代表她的男人去競爭，還輸得很難看。」黑山主說。

白蛇女低頭不敢作聲。

「您剛才不是說要雙方合意嗎？白峰主都不在這，拚輸贏有啥意義？」我問。

「小艾，妳不懂啦！幹掉競爭者可以提高身價，對將來地盤威望很重要。」許洛薇嚴肅地說。

「這樣葉伯怎麼辦？假設他也想競選的話？」我還是搞不懂妖怪的邏輯。

「這傢伙根本不敢動葉伯的靠山才來找我麻煩，妳夢到的犬神就蹲在附近山頭欸！祂還暗示你們就在這裡，但我又不會解結界，好不容易才騙到她帶路。」許洛薇指著白蛇女。

「目前看起來只有這條白蛇想打，到此爲止行嗎？」我詢問擂台評審黑山主。

「妳還得當面和那個男人確定才行，本山主沒那麼不明事理，給他的考驗只是意思意思。」黑山主表示他只是走個過場，白蟒挑的代表本來就是砲灰。

當一臉怒火的刑玉陽揹著虛弱的殺手學弟鑽出樹叢來到祕境，兩人渾身狼狽不堪，我恍然理解，會相信妖怪說話的自己果然還是太嫩了，尤其拐妳的那個是混到山神等級的大黑蛇。

「看吧！小小的考驗，沒有缺手斷腳。」黑山主拍了拍手，這回總算露出開心的笑容，西裝男子伸出食指比在嘴唇上，做了個噤聲手勢。「看在葉枝國和小妹妹妳們的面子上，加上還得處理手下的問題，本山主勉強通融讓這兩個男人進入舍弟地盤。」

我忽然理解黑山主並非對人類不友善，他純粹是看不爽美男子，對象是老人和女生，瞧人家多麼客氣親熱。

「學長！你們還好嗎？」我趕緊過去幫他卸下虛脫的殺手學弟，第一次看到刑玉陽動作那麼僵硬，汗水從濕透的髮根一路淌流過眼角，他只怕早就超過極限，忍飢耐渴靠意志力支撐，硬是揹著一個成年男子找出路。

「我和葉世蔓在營地被霧氣弄暈，醒來人在樹上，行李不翼而飛，走了一天一夜都像在繞圈子。葉世蔓好幾次差點被精怪附身得逞。蘇小艾，到底怎麼回事？」刑玉陽沙啞地逼問。

刑玉陽如何讓殺手學弟不被附身，學弟臉頰瘀青可能是答案之一，我不敢想像衣服下的慘況。

「葉世蔓！你還清醒嗎？葉伯在這裡！一切平安！」我趕緊把葉伯的位置指給他。隔著一段距離，老人卻鬧彆扭似地猛然扭頭走進裂口山洞。

「我看到了，學姊，謝謝你們。我很清醒，只是很累……全身都痛。我要學長一個人去求救機會更大，他就是不肯。」殺手學弟遠遠看見葉伯安好應該是放心了，他強振精神說。

「從我們身邊非人的密度來看，方圓數公里內根本沒有人煙，我帶著你還有一絲希望和溫千歲人馬會合，比事後尋人方便。」刑玉陽冷冷道。

殺手學弟鬆開手掌，我總算注意到他緊緊握著一截燒過的木頭。「我們沿途好幾次撿到可以用來做火把的乾燥腐化松木，還有鬼火引路，超級不合理，學長說我們被魔神仔捉弄，可能會吃苦頭，但不會那麼容易死。我聽他這樣說就放心了。」

除了許洛薇，我們每個人都隨身攜帶火種以防萬一，偏偏刑玉陽和殺手學弟被洗劫到必須靠最低裝備野外求生，不得不說是黑山主的惡趣味。

「想殺就殺違反規矩，太故意也不行，只能自然淘汰。」黑山主走到我身後抱怨。

黑山主的意思是，山裡的妖怪會陪你玩，意思意思護航表示「我沒有害你唷」，但如果你自己腳滑摔死或者體質太弱失溫凍死就不關它們的事了。

殺手學弟仍看著我叨叨絮絮，顯然餘悸猶存。刑玉陽打開白眼，表情有點疑惑，往東南西北都看了看，像是在尋找焦點。

「學弟，你看不見我後面這位，還有旁邊的女妖怪嗎？」殺手學弟沒有陰陽眼，我直截了當地問了。

「看不到，好像有個龐然大物靠得很近，感覺很恐怖，可是學姊妳不怕的話，我想應該還算安全。」殺手學弟用親友偏見自我催眠，我佩服他。

「蘇小艾，那個到底有多大？」刑玉陽的白眼沒失靈，礙於距離太近看不見全景。

「不比白峰主小，是白峰主的哥哥黑山主，不是敵人，這邊是白峰主的巢穴，白峰主去執行媽祖娘娘的委託任務，葉伯待機中，我們要陪他到任務結束。」我老實報告。

「……」

「哎，瞧這半瞎和全盲加失聰的低落資質，沒教養的態度。」黑山主嫌棄地說。

「到底誰是那條母蛇的男人？小鮮肉是Gay，該不會是白目以前到處亂跑惹到的女妖怪？哈哈！」許洛薇好心幫旁邊等到快哭出來的白蛇女爭取話題，她完全被黑山主的陰影遮蔽了，連刑玉陽都沒注意到她。

「許洛薇問你們兩個誰和一條原形是白蟒的女妖怪簽過契約？她想把某個男人推薦給白峰主當山神侍從，我們昨晚出意外是被考驗了。」

「不是我。」刑玉陽斷然否定。

「妖怪？我有媽祖娘娘的玉珮保佑，尋常妖怪無法近身，只養過一條白球，就是學姊妳知道的，我那走失的白娘子才一歲大。」殺手學弟一臉迷惑。親手孵化外加血統保證，怎麼看都只是寵物蛇吧？殺手學弟的想法完全寫在臉上。

我和許洛薇對望一眼，默默產生推想，證據實在太充分了，再不懷疑說不過去。

「學弟，你朋友是不是把妖怪蛇蛋搞錯送給你了？」

「不可能，我朋友是品系玩家，蛇公蛇母都是自己繁殖的，被我孵出一條純白的黑眼露西還覺得我運氣超好，我就隨手從他箱子裡挑了一顆蛋。」殺手學弟異乎尋常堅持。

「他不肯面對現實耶！像杜鵑一樣跑去人類箱子裡偷生蛋省事又有保母照顧，妖怪這麼做才正常。」許洛薇說。

我懂殺手學弟的心情，單純親密的主人寵物關係忽然豬羊變色，現在告訴我小花其實是其他東西變的，我也不能接受，哪怕我已經開始懷疑了。

「黑山主大人，他們可以在這裡盥洗休息沒錯吧？」我想讓刑玉陽和殺手學弟先安頓下來喘口氣，黑山主卻刻意在此時放鬆對白蛇女的壓制。

「Master，奴家終於等到你了！」白娘子深情地游向殺手學弟。

「薇薇，她的句型文法和妳有得拚！」我說。

「所以我沒把她咬成兩半嘛！她一路上說了很多很有趣的話，比如說我在『海灘』上，穿著很『得體』【註】，英文不錯啊！」許洛薇一腳踏在殺手學弟之前，露出小洋裝下的白皙美腿，白娘子立刻僵住。

「葉世蔓是我們的人，居心不良的女妖怪少給我貼過來！」我接到許洛薇的眼神暗示，這時候就要給她做面子。

殺手學弟慢半拍才順著我們的視線對準白娘子，仍是一臉茫然。

「Master，我在這裡啊？難道他看不見我？」白娘子焦急地問黑山主。

「照理說他現在應該能看見妳，也許是精疲力竭的關係，妳恢復本體試試。」黑山主回答。

白娘子咬著下唇滿臉猶豫，許洛薇帶著看好戲的笑容。

白娘子再度把自己纏繞起來，水袖往頭臉一蓋，衣物如霧氣般化去後，現場多出了一條手腕粗細的黑眼白蟒，這回尺寸正常多了。

原來沼澤水面大蛇和方才的美人蛇都還不是眞正肉身，我總算領略妖怪的千變萬化。

「娘子，妳怎麼在這裡？」殺手學弟立刻蹲下想要拾起寵物。

「Master——」白蛇驀然開口發出字正腔圓的女聲。

殺手學弟下意識愣住，白娘子則趁機纏上他的手。

一直撐著正常站姿調整呼吸兼消化情況的刑玉陽終於發話了。「葉世蔓，現在就把話說清楚，以免夜長夢多。」

殺手學弟也不是笨蛋，從白峰主開始結下的緣分，到他養大的白娘子去投靠白峰主之際，已經深得有點過頭了。

當初出面就白峰主犯下的殺孽與大山神協商善後的神明，正是葉伯敬愛的媽祖娘娘，這回也是媽祖娘娘派葉伯過來傳訊讓白峰主將功補過，相關人士再度聯誼敘舊，一切順理成章。光是有這份白峰主欠下的恩情在，妖怪就不敢眞的加害我們，我要是早點想通這一點就好了，但被黑山主綁來之前誰曉得任務是給白峰主啦！況且蛇靈與妖怪不會放過見縫插針的機會。

正如溫千歲所言，媽祖娘娘勢力與本島妖怪有著敵對傳統，統領這些妖怪的山水神明又怎會眞的和媽祖娘娘派來的代表一條心？從葉伯的態度看來，媽祖娘娘倒是處處流露企圖彌補裂痕的味道。黑山主並未站在歷史受害者的立場跋扈囂張，反而對葉伯和我親熱無比，老奸巨猾

註：此處用「beach（海灘）」音近「bitch（妓女）」，跟「得體」音近「骯髒」的英文「dirty」開了個諧音玩笑。

的黑蛇山神姿態越柔軟，吃人嘴軟的我們就越不好拒絕過分的要求。

完完全全就是比政治手腕了。我冷汗狂流。

黑山主正利用白娘子這個棋子對我們施壓，好減輕弟弟欠下人情債導致他綁手綁腳的不便，搞不好連白娘子會襲擊我們都是黑山主教唆的！

殺手學弟並沒有把白娘子甩開，任她停棲身上，顯然一人一寵已習慣這份親密。

「原來妳是妖怪啊……眞不可思議，怎就這麼巧呢？」殺手學弟嘆息。

「一點都不巧，要吸就吸年輕猛男的優質精氣，加上小鮮肉受過乩童訓練，說不定將來能溝通，她可以自稱仙女騙座廟，自己當老大給小鮮肉養，人財兩得。」儼然化身法海的許洛薇涼涼地說。

不能不說玫瑰公主的風涼話還挺具建設前景。

「人家不是那樣的！我是爲了我們的未來！Master你也討厭人類不是嗎？奴家想帶你進入我們的世界，一起爲白峰主大人效命，像楊過與小龍女那樣只羨鴛鴦不羨仙。」黑眼白蟒熱切辯解。

「帥哥，確定要讓白娘子這樣閃你弟嗎？他已經夠不開心了。」許洛薇問。

黑山主爬梳劉海，不置可否地聳了下肩。

「我和妳，無法有未來。」殺手學弟果然乾脆拒絕。

「你說會愛我一生一世。」白娘子的聲音聽起來心碎了。

殺手學弟捧著手上的白蟒沉思許久，悲傷地補充：「我是說過成功孵出來的話，我會負責養妳一生一世。」

「這不是差不多的意思嗎？」黑眼白蟒楚楚可憐問。

「人獸交眞的不行，抱歉。」殺手學弟瞬間展現出在柔道場上屠殺對手的果決。

我覺得殺手學弟此刻心情超囧。

「Master，你應該試看看，我聽黑山主大人說他的情人都好滿意。」白娘子歪著蛇頭咧嘴露出以蛇類來說充滿天眞與邪氣的笑臉。雪白到可說艷麗的柔軟身軀盤繞在青年手腕上，卻會說人語的小白蟒，那股詭異氣質令我聯想到殺手學弟，果然是物肖主人形。

白娘子強作鎭定不屈不撓的誘惑姿態坦白說令我有點不忍，但也就這樣了，我還未神經到覺得人類和妖怪結合很浪漫，被看上的是熟人，只會讓我更擔心學弟的安危。

「我喜歡男人，啊，學姊妳是唯一的例外，I love you, forever and ever.」殺手學弟轉頭深情款款看我。

「Amen.」許洛薇福至心靈地喊出結語。

「薇薇！妳吃飽太閒嗎？」我怒道。

「沒啦！〈forever and ever. Amen.〉這首歌很好聽！『喔寶貝我將永遠愛妳，至死不渝，阿門～』」許洛薇哼起歌來。

「白娘子和白峰主果然是同一個系列。」開始頭痛了，我揉著後頸肌肉。

「孵化之恩，養育之情，自然形成強烈羈絆，倘若白娘子也願意回饋，契約便會成立。用人類的話說，他會在我們的世界取得某種合法居留的正式身分，只要他的擔保者白娘子還存在，我們就會把葉世蔓當成一份子，容許他在山裡建立地位，擁有自己的地盤。」黑山主道。

許洛薇反應很快：「如果白娘子背叛你或白峰主呢？」

「那麼葉世蔓也將同罪，除非他的地位本來就比白娘子高，例如成為舍弟的神官或乩童，隨妳們怎麼說，就是葉枝國與媽祖娘娘之間那種從屬關係。」黑山主道。「但這不太可能，我希望舍弟擁有更好的人選，再說葉世蔓本人也沒有加入我們的想法。」

我把黑山主的總結轉告殺手學弟，殺手學弟無法理解他只是養了條寵物蛇，卻惹出這麼多風波。

「我只是餵她吃冷凍老鼠而已。」殺手學弟委屈地透過我轉播。

「哪的話？白娘子投胎後能修煉得這麼快，就是靠吸你的精氣和靈力，到底是葉枝國的孫子，身體相當營養。按照妖怪的規矩，你是白娘子的父親，白娘子如果立誓要報答你，吸食過程也無損你的健康，你們的神明就不會插手，這是從古到今人與非人間的習俗。」黑山主說。

「黑山主大人，我是master的娘子！」白娘子不忘聲明，可惜沒人聽她說話。

「原來如此，長知識了。」許洛薇同情地望向最後還是沒能忍心把白娘子扔開的殺手學弟。

「學弟，你不想擔任白峰主的乩童對吧？黑山主說我們得當面講清楚。」我想快點揭過這一頁。

「當然不想。」

「他自動棄權了。」我不給葉世蔓補充感想的機會，直接對黑山主強調。「之後你還想說服就衝著我來，反正你也不想讓他當。」

「呵，小妹妹愛護短，很高興妳我之間有共同點，我越來越喜歡妳了。」黑山主道。

「學姊，妳到底在說什麼？」殺手學弟發現事情不太單純。

「沒事，反正這裡的山神不能強迫我們當誰的信徒乩身，一定要心甘情願才行，這一點我確認過了，所以你們先去休息吧！」我只能搪塞過去，一轉身，黑山主消失無蹤，想來是嫌我們煩了，勞駕黑蛇山神一天關心了兩次，我們這團也算獲得重大成就。

殺手學弟如同石雕般靜靜站著，一個勁兒地盯著我，手足無措一臉茫然，刑玉陽則默默越過我們去找山洞裡的葉伯，我過了一會兒才追上去，發現刑玉陽草草喝完一碗小米魚湯粥，靠著岩壁睡著了。

葉伯把外套蓋在刑玉陽身上，我才坐在火堆邊向老人簡述白娘子鬧出的一場烏龍。葉伯沒多做評論，可能是白娘子太兩光，也可能是老人的心思根本不在這裡。葉伯整副魂魄都纏繞在媽祖娘娘的任務中。

白峰主到底去從事何種不可言說的任務？說不好奇是騙人的，但我更擔心任務有個差錯影響到葉伯的歸期。營地走失後男生組的詳細遭遇只能等刑玉陽睡醒再問了，畢竟他才是有白眼的那個人，殺手學弟的精神狀況則是很差。

我又去外頭探探學弟與蛇妖的情況，殺手學弟頹坐在寒泉邊，黑眼白蟒攀在他肩膀上，一人一蛇喁喁私語，桃花眼青年貌似正在安撫小白蟒，直覺告訴我，他故意待在戶外避免讓白娘子接近葉伯和休息中的刑玉陽。

「放他們兩個這樣可以嗎？」許洛薇站在我旁邊問。

「我沒有立場指揮學弟，再說，他能hold住那條蛇妖打聽出更多情報，對我們有利。」我搔搔臉頰。

「也是。妳的背包我討回來了。」許洛薇冷不防把登山背包從石頭後挪出來給了我一個大驚喜，原來剛剛她跑去幹這件事。「我趁黑山主還沒走遠，跟他說不想被當成變態色狼的話就把小艾妳的背包還來，裡面有女生貼身私人衣物。」

「幹得好！」

「不過我討白目和小鮮肉的行李，他就裝死當沒聽到。」許洛薇抱怨。

「沒關係，裝備可以輪流頂著用，葉伯一個人都住這麼多天了，這邊環境應該很舒服。」向葉伯報備過後，我和許洛薇迫不及待去泡溫泉，多虧是山神巢穴，我們這些肉腳登山客才能享受如此奇幻的待遇。

我們雖然在白峰主的巢穴裡齊聚一堂，此刻卻因爲殺手學弟和葉伯始終沒面對面交談的無形對峙，與刑玉陽的虛脫昏睡，形成各過各的局面，原本設想中快樂的重逢畫面也碎成渣渣。

只有溫泉是唯一的慰藉了。我沒脫光，而是穿著褲子和最裡面的上衣入水，反正接下來的時間都在祕境裡，換洗衣物不會弄髒，身上這套就爽快地洗了吧！

「妳不脫嗎？」許洛薇問。

「妳也沒脫。」我盯著她的紅色小洋裝。

「我是想脫但偏偏脫不了，奇怪捏！」許洛薇上次在祓禊溫千歲障氣的野溪溫泉就試過，可惜小洋裝已和她融為一體。

「我不是想看妳脫，我的意思是沒必要脫光，這樣泡湯比較不會冷，萬一有個風吹草動不用裸奔。」我對四周還是很警戒的，誰曉得有無阿貓阿狗妖怪偷窺。

「可是這樣泡起來沒氣氛。」許洛薇抱怨了幾句立刻進入八卦模式。「我們也算『神隱少女』了，哈哈！」

「神隱是神隱沒錯，但不能說少女了。」我誠實地回答。

「呿！不過勉強也能說遇到現實中黑色版本的賑早見琥珀主了，不對，他弟是白色，人形應該會更像吧？」許洛薇也是宮崎駿動畫愛好者。

「妳不是最愛阿席達卡嗎？他露最多。」我對許洛薇的選擇可說毫無疑問。說到《魔法公主》，裡面的鹿神更有山神款，人模人樣穿西裝的大蛇硬是少了幾分神祕風情，至少也該換套古裝。

「妳不懂啦！順著男女主角分開的結尾幻想長大版的白龍也很讚啊！」許洛薇說她可以腦補一整天。「妳還滿像千尋，特別是髮型都留小馬尾，我有方向了。」

「哪裡像！妳不要代入我亂想些有的沒的！」我立刻抗議。

「想想又不犯法！不然你們在忙的時候我都很無聊，還是妳覺得男主角只能是丁鎮邦？」

許洛薇邪笑著沉入溫泉。

「滾！」

「認眞地問，黑山主有腹肌嗎？」

我回想驚鴻一瞥過的黑山主原形，鱗片覆蓋的強壯線條非常壯觀，絞死一頭大象毫無壓力。「有，而且超級猛。」

許洛薇猛吸一下口水，搓了搓手，完全是毒癮發作狀態。

「小艾，妳說黑山主會不會來偷看我們洗澡？我就能趁機索討補償，一想就好興奮。」

我們都穿著衣服，黑山主的眼睛又不是裝飾品。許洛薇接收到我鄙視的眼神，趕緊補充：

「我可以泡深一點，只露出頭假裝沒穿。」

「我認爲黑山主不會那麼沒品。妳不專心泡湯我就去睡覺了。」我又開始懷疑許洛薇在裝瘋賣傻，完全沒心情陪她一搭一唱。

許洛薇無聊地吹著泡泡，喃喃說著一些過往時光的美好瑣事打發時間，過了許久還是無人來喊我們，我想殺手學弟不是還沒搞定白娘子，就是和刑玉陽累到不行一樣先睡再說，於是心安理得繼續泡下去，這一整天我實在是被冷怕了，一直徘徊在要病不病的階段。

直到手腳起皺，許洛薇也說她到極限了，我才鑽進事先準備在旁虛虛披著的外帳底下換好乾淨衣物，整個人又活了過來，白天喝的那些粥早已消化精光，肚子開始咕嚕叫，我尋思著多泡兩包泡麵給大家打牙祭。

「小艾，犬神要我們小心葉伯。」許洛薇驀然說。

「什麼意思？」

「我只聽到這句，但祂一直守在附近，像是篤定會出事。」

「先前我夢到犬神說祂爲了看好戲才替葉伯護航，按照黑山主的說法，葉伯就是等任務交接而已，白峰主的巢穴有結界，黑山主也盯得很緊，能出什麼事？」我不想在沒有證據的情況下胡亂猜測，至少也得是被我的ＡＲＲ超能力夢到些許端倪才行。

「這個世界上一切都有可能，就像我和妳。」許洛薇的語氣又起了微妙變化。

依然無法判定玫瑰公主身上那奇怪的感覺是出自她拒絕公開的敏感面還是我所陌生的妖怪面，總之，許洛薇自己也不太確定的樣子，時不時能感受到她那如被風吹動的露珠般的微小動搖。她在探索自己的新本質，我也一樣，必須盡快適應ＡＲＲ超能力。

在赤紅異獸跑遠前，我得追上她，說不定我的能力會覺醒也和這個願望有關。

殺手學弟與白娘子，葉伯與犬神，我與許洛薇，說穿了都是人與妖怪間的特殊羈絆，的確如她所言，未來詭譎難測。

□

走進山洞，刑玉陽仍在靠近出口的火堆外側沉睡，即便累到無法維持清醒，他仍把自己當成某種屏障。

白峰主的巢穴，懸崖下方的裂口深處仍是個謎，山洞內部並不寬廣平坦，更像是許多雜亂無章的大石頭堆在一起，除非鑽進那彎曲黑暗的隧道調查，我基本上並不比站在外頭看見更多，葉伯只是找了處足可遮風避雨的位置生火取暖煮食，我們更像住在白峰主的大門屋簷下。

「咦？葉伯和學弟怎麼不見了？」我怕吵醒刑玉陽，刻意放低音量。

「他們在裡面一點的地方，被石頭遮住了，不過我能聽見呼吸聲，小鮮肉在睡覺，葉伯還醒著。白娘子不在這邊，可能小鮮肉終於把她哄走了，希望她能帶多一點土產回來，我沒吃飽的說！」許洛薇聳肩，看起來沒真的記恨白娘子。

「他們幹嘛不待在火堆邊？裡面濕氣重又暗。」我說。

「小笨蛋，搞不好裡面的房間才乾淨舒服，葉伯之前太客氣不想進去，但這裡是白白蓋給預定新娘的桃花源，怎麼可能沒有適合人類住的高級豪華蜜月套房？真正的入口一定在更深處！」許洛薇握緊拳頭說。

「我是不介意待在入口火堆就好，只是得去看看殺手學弟他們在幹嘛？刑學長一個人被留在這邊有點奇怪。」遠離人類文明讓我整個人靜不下來，一直疑神疑鬼。

許洛薇直接抬腿走進隧道，剛剛從黑漆嘛烏的溫泉移師過來，我的頭燈還沒摘下，正好火速跟上。

過了幾個轉彎仍是狹窄滴水的石壁或突出岩塊，一整個很原始，忽然前方角落透出明亮蠟燭光線，這不是一兩支蠟燭照得出的輝煌亮度。我和許洛薇頓時放慢腳步。

不尋常的光亮呼應許洛薇的推測，也讓我變得格外小心。既然黑山主允許我們暫住白峰主巢穴，狀況不太穩定的白峰主又出任務去了，照理說此處應該很安全，但也不能排除黑山主安排臨時管家來守著弟弟的地盤，葉伯不輕易深入是明智決定。

「薇薇，前面有其他妖怪嗎？」我拜託妖怪雷達的許洛薇探探水深。

「沒，只有葉伯和小鮮肉。」

我不敢踟躕，拐過彎踏進那片光亮之中，只見一處約五、六坪大的小窟燈燭瑩然，殺手學弟躺在中央被削平的大石板上，睡得很沉，幾乎像是昏迷，葉伯則慈愛又悲傷地凝視著青年，一手扣著孫子下巴，揚起的右手裡握著刀刃僅尾指粗細的古怪小刀，這一幕令我毛骨悚然。

「葉伯！你在幹什麼？你被附身了嗎？」我差點衝出去，及時想起葉伯手裡還捏著鋒利的凶器，只得顧忌止步。

「囝仔，我很清醒，清醒得不能更清醒。」葉伯沉痛地說。

「他身上的確沒有被妖怪還是惡靈附身的跡象，不然在進來之前我就感覺得出來了。」許洛薇也緊張地說。

我們都看出來葉伯並非說謊，長達半天的沉默早有跡象，葉伯不愧是經歷大風大浪的老江湖，伺機而動，出手毫不遲疑，這個老人家是認眞的！

「你先放下小刀，我們慢慢談，殺手學弟做錯什麼事你要殺他？這年頭喜歡男人很正常啊！他有權追求自己的幸福，難不成要他去假結婚禍害女生嗎？」我馬上想到殺手學弟的性向可能紙包不住火，導致葉伯一時情緒失控。

「什麼，他還喜歡男人？」葉伯一愣。

許洛薇把握良機立刻變回縮小原形撲倒葉伯，再用念力操控那把小刀緩緩飛向我，懸空的小刀斷線般啪地掉在我鞋子前方。

「呼……呼……我盡全力了，那柄小刀比轎子還重，而且小刀還在葉伯身邊展開結界，程度只比妳家祖先蘇大仙的小屋弱一點點而已，我差點沒辦法碰到葉伯，還好本小姐實力過硬。」許洛薇突襲後軟趴趴地走回我身邊。

那一瞬我的注意被做工古老但形制詭異的青銅小刀深深吸引，細長、輕巧，前端略有變形倒鉤的刀鋒處鍍著不知名的閃爍金屬，異常精緻鋒利，我直覺想到這是某種刑具，用來進行外科手術或者匪夷所思的人體虐待，也是一柄比故宮展覽品還美的古董武器。

我想都不想立刻蹲下去撿起小刀，無論如何先繳械再說。

「你是葉世蔓唯一的親人了！你不保護他，還有誰能保護他？你竟然想殺他！」我情緒激動，一時氣得難以自制。

「我萬萬不可能殺死自己的孫子，我……我……」葉伯同樣激動得語不成句，我們就這樣隔著殺手學弟互瞪對峙著。

許洛薇爲防待會還得戰鬥沒恢復人身，用比豹子還大的臉蹭了下我的身側說道：「小艾妳是不是誤會了？我感覺不出葉伯有殺意。」

玫瑰公主的獸性直覺很有說服力，偏偏和我看到的恐怖畫面不符。

「可是他按著葉世蔓的脖子，手裡還拿著刀。總不會是學弟被附身，葉伯要大義滅親吧？」我勉強冷靜下來發現第二種推論更有可能，因爲聽了我的話後，葉伯臉色瞬間慘白。

「我沒有要殺世蔓，但我必須割斷他的聲帶，確保這個囝仔在深山裡與世隔絕，到死爲止。」葉伯忍不住哽咽。

我和許洛薇瞬間都聽懂了，白峰主有白峰主的任務，葉伯也有自己的任務，無比殘酷且恐怖的祕密任務，卻在下手那一刻被我們撞破了。

「那是媽祖娘娘的小刀。」葉伯這樣說。

Chapter 07 / 牲禮

「你的意思是，是媽祖娘娘指示你對葉世蔓封口，把他帶到山裡，困在毫無人煙只有妖怪的地方，關他關到死？」爸媽嗜賭到去臥軌，眞相是冤親債主操弄一切，我曾經以爲沒有比這更荒謬的事。

打從第一天認識葉伯起，我就將這個老人劃入主將學長與刑玉陽那類不會動搖的強者類型，只因葉伯的性格氣質與能力是那麼強烈，葉伯周遭的神明與人類也將他們不輕易表達的認可贈與這位老人。

媽祖娘娘、溫千歲、犬神、黑山主、蘇靜池……許許多多人與非人都認可接受的乩童，不靠陰陽眼也不靠旁門左道，眞正的神媒。葉伯怎麼可能這麼簡單就被騙？還是他承受了一生漫長的磨難後終於瘋了？

如果葉伯是神棍，如果他信的是個僞神，我還不意外，正是神明們互相擔保，示現無可質疑的證據，承認葉伯是祂們的代言人，令我連逃避空間都沒有。要嘛神明有問題，要嘛葉伯有問題，爲何殺手學弟要被這樣對待？

「你是不是被假媽祖騙了？眞正的媽祖娘娘一直保護葉世蔓，祂的玉珮還救過大家！」

「小艾，我會認不出自己祀奉一輩子的神明嗎？」葉伯尖銳地反問。

「走火入魔當局者迷也有可能！」我不肯讓步。

「我前不久也問過娘娘一樣的話，『爲什麼？』娘娘說，KTV大樓火災的『劫』就是爲了要喚醒某個窮凶惡極的存在，天道才加以干預，娘娘也插了一手，世蔓要是死於非命，導致那個存在提前甦醒的話——」葉伯垂首凝視昏迷的青年。「人間將生靈塗炭。」

「就算是媽祖娘娘要你這麼做，你也一定問到能讓自己信服的理由，你質疑過，然後被媽祖娘娘說服了對吧？葉世蔓前世到底犯了啥天條重罪？」我依舊相信自己的感覺，葉伯不會這麼盲從，或許他願意賠上自己的性命，但葉世蔓不是他或媽祖娘娘以及任何一個神明的財產，倘若葉伯連這一點都分不清楚，他就不是我心目中的葉伯了。

「那個存在一次殺了五十幾萬人，並非間接殺害，而是以他的能力直接屠殺，娘娘向我保證了這一點，『他』不是應該出現在我們這個世界的東西。」葉伯說出這段話時額角冒著冷汗。

「這邊和上一段都是空話！我也可以說這隻許洛薇是九尾轉世，會毀滅台灣啊！」

「九尾是犬科，人家是喵喵，不一樣耶！」許洛薇說。

「算了！不指望妳！」我用力抓著頭髮尋找葉伯說詞裡的漏洞。「五十幾萬人？原子彈都沒辦法一次炸死那麼多，光憑他一個人怎麼辦到？用魔法嗎？」

「那個存在的聲音，擁有讓我背叛娘娘，對他唯命是從的魔力。」

深信不疑的神明直接這麼說，換成是你會不會怕？

語罷，葉伯似乎想起某些佐證，看著孫子的姿態不再只有憐惜，更多的是警戒。

我想起白起坑殺數十萬降卒的歷史典故，只有人殺人才有這種恐怖的效率，而且沒有人爲因素，就不會聚集這麼多人口，連我這種沒讀多少書的普通人都能想到，大屠殺記錄裡往往有個核心人物，比如希特勒。

「娘娘可以不用對我說這麼多，但祂希望我能理解祂也一樣不得已，爲了從天界手中保住世蔓的命，這是最好的安排了。娘娘願意賭，那個存在不一定會如期覺醒，或他的覺醒不代表力量也一併遺傳，所以祂想讓世蔓成爲啞巴，並且讓強力山神監控這個危險人物。」葉伯的語調中已經透露出人類沒這個本事外加無法信任。

加上時間軸我就有點意會了，被我搶到手的這把小刀是關鍵，葉伯爲何拖到今天才接到動手的任務，應該是媽祖娘娘花了不少時間才準備好任務不可或缺的工具，換言之，這把小刀應該和我那盞蓮花燈一樣有某種封印與弱化效果。即便媽祖娘娘想讓葉世蔓活著，但也不是隨便拿把手術刀割斷聲帶就能廢掉那個魔王的力量。

「媽祖娘娘是不是說一定要用這把小刀給他做手術？」許洛薇插嘴問，我代爲轉告，葉伯點頭。

「說不定只是用割掉聲帶的理由，騙葉伯殺了小鮮肉。葉伯又不是醫生，手術地點選在深山，沒麻醉也沒有藥物，出點醫療事故就沒戲唱了，只是拐個彎讓葉伯沒那麼有罪惡感而已，喉嚨可是致命要害，勉強要說，就是安樂死。」玫瑰公主冷笑。

我把許洛薇質疑葉伯開刀技術的說法告知老人，老人神色一凜道：「沒有成功的把握我會拿世蔓的命開玩笑嗎？」

葉伯說，他會回澎湖請示媽祖娘娘，正是因爲他夜夜作著一再輪迴的可怕怪夢，夢裡他彷彿變成另一個人，雙手不由自主地在一個面貌模糊的青年人體上切割縫合，一夜之中相同的夢不斷反反覆覆了數十次，夢境鮮明到葉伯閉著眼睛都能把小刀伸入一個人的喉嚨。最後，他終於看見那個青年的容貌……

「——就是葉世蔓，所以你才會拋下王爺廟趕回澎湖。」我接下老人的話。

「娘娘說，該有的訓練她已經讓人教給我了，世蔓的傷口會得到山神照顧，只要他再也無法說話離開，娘娘和大山神便擔保他的命。妳看他睡得那麼沉，至少山神給的藥很有效。」

原來葉伯把麻醉藥加在小米粥裡，我一陣毛骨悚然。剛進入山洞時，刑玉陽睡得就像昏迷，盛著少許小米粥的鍋子仍放在餘燼上保溫。葉伯當然留了我的份，要是我一時嘴饞自行開動，對葉伯來說就是順利搞定任務的一晚了。

「小艾，妳覺得我瘋了嗎？在妳看來，說不定媽祖娘娘也是我幻覺的一部分。」葉伯慘笑。「等我稟告完娘娘，我會回來陪憨慢仔，這是身爲阿公與師父的責任。」

難怪黑山主打著一箭雙鵰的念頭，他早就知道葉伯不可能捨得拋棄孫子，這一天大家都在演戲。

許洛薇癟著嘴看過來：「我不是幻覺喔！」許洛薇看出我們陷入詭異的邏輯陷阱，如果質疑葉伯的信仰，就等於否定我和薇薇的關係，葉伯通靈能力比我好太多了，懷疑他發瘋等於懷疑會變妖貓的女鬼室友也是我的妄想。

「我相信你的話，也許葉世蔓體內眞的藏了個會毀滅世界的怪物。」我小心翼翼地說。

我同意殺手學弟的危險性可能就像媽祖娘娘宣稱的巨大，因爲「刑玉陽」的存在是鐵錚錚的事實，特殊轉世的大人物相碰不會是偶然。這兩個人在透過蘇晴艾這條人脈彼此認識前，就已經是同一間大學的學長學弟關係了，冥冥之中的安排眞的無形無跡嗎？殺手學弟的初戀背後會不會也有神明做過手腳，爲了把他引到台灣接近刑玉陽的地盤？

假設刑玉陽的降世就是爲了預作準備剋葉世蔓，我身邊會放著一尊轉世後忙著開咖啡館賺錢的忙碌大神就說得通了，刑玉陽不需要恢復記憶，黑山主已經給了我提示，就是要刑玉陽遇到性命危險突破極限覺醒時順便把葉世蔓滅了以除後患。

天界已經把祂們的牌壓在桌上了，只是讓媽祖娘娘先亮牌而已。會如此愼重，難道是轉生爲刑玉陽的神明對上葉世蔓體內的魔王沒有必勝把握？

我竟然替媽祖娘娘的決策理由多找了一個強而有力的證據背書，眞討厭自己。

「小鮮肉有那麼厲害嗎？按照行規，身懷特殊封印不該是男主起碼也是男二的特權嗎？說起來白目的眼睛也挺像有特殊封印。」許洛薇開始認眞思考葉伯的證詞。

「按照哪種行規啊！」小刀還在我手裡，葉伯一時半刻間無法下手，我趕緊轉移許洛薇的注意力。

好死不死居然給她矇到了，我有點慌。實際上見過刑玉陽元神的只有我，過往見過白眼的非人反應之強烈，在在證明刑玉陽前世本尊絕非池中物，不知何故漏了封印的單顆白眼並非刑玉陽的專門武器，而是他沒能藏好的阿基里斯腱。

「不是啦！我也沒想到學弟會中神明的計，還以爲神明會先對我下手咧！難道我還不算是個咖？」許洛薇認爲她被當成煙霧彈了，淨水優惠回頭看起來就像預防用的乖乖針一樣，更是成功讓我們養成依賴習慣，最後許洛薇和我還是沒開發出必殺技。

「如果世蔓體內那個存在控制許洛薇，代誌就大條了。」葉伯即便看不到，也絕對感覺得出來許洛薇不同以往的改變，話說許洛薇剛剛還露出原形撲上去了。

這個老人得多喜歡我們，才能對許洛薇的變化以及我的執拗睜隻眼閉隻眼？我想到這裡有些鼻酸。

我光是許洛薇一個就顧不來了！主將學長身爲凡人也很寫實地忙著工作抓犯人，在魔王和大神覺醒前夕缺席，怎麼辦？

「反正天上或地上的神明該出手還是會出手，不是嗎？」我勸葉伯別想著一肩挑起所有事，也逼殺手學弟跟他一起挑，再說還有眞實能力值？？的刑玉陽壓陣。

刑玉陽既然轉生爲人，總有他的下凡理由，哪怕前世記憶並未恢復，本人既然想要爲白眼保密，我就該尊重他的意志。刑玉陽好像不清楚自家元神模樣，畢竟小出竅當時又沒有鏡子可以給他照。

偷看人家元神本來就是一件超級羞恥的事，刑玉陽都叫我別看了，我就算不小心看到了也有口難言。打從第一天認識他起，這個男人就鐵了心地表現出對利用白眼戰鬥和前世淵源興趣缺缺的頑固，一直都是不得已才用，更因此屢屢受傷憔悴。我尊敬他辛苦的生活態度，對於身上出現奇怪遺傳能力這種麻煩事更是心有戚戚焉。

說出來也改變不了什麼，我決定等刑玉陽需要蘇晴艾時再挺身而出。現在就是得爲刑玉陽掩飾白眼眞正意義的時候了——誰教天界封印的強者被葉伯順手迷昏了啊啊啊！

「是！我也希望神明能出手，但作爲被神明保佑的人類，難道不必付出任何代價？」葉伯一針見血反駁。

其實我和葉伯根本爭不起來，我們基本上擁有相同的價值觀，葉伯選了媽祖娘娘，我選了許洛薇，在冤親債主這件事上放棄期待神明保佑，就是因爲我不想付出求神幫忙的代價。

「所以媽祖娘娘其實沒逼你一定得毀掉葉世蔓的聲帶，你是一個人來找白峰主的，學弟還得找人幫忙千辛萬苦才追蹤上你，葉伯，你也很掙扎是否要奪走葉世蔓的人生對嗎？」我猛然發現這個明顯的矛盾。

「對喔！要是葉伯一開始就揪小鮮肉低調上山，我們不知還要過多久才會發現他倆失蹤。」許洛薇握拳一敲掌心。

「他要是沒跟來，我就當自己老邁無能，一切就讓神明去安排，我也不管了，專心辦好白峰主那邊的傳訊任務。但世蔓是我的孫子，他一定能追上來。」葉伯說。

「就算事態嚴重，通融個幾天不行嗎？至少你得問問葉世蔓的意見吧？」我覺得這才是重點，葉伯這樣做和帶著小孩自殺的父母有何兩樣？

「憨慢仔反對媽祖娘娘的安排逃跑，你們打算幫他都是天經地義的事，而我想獨力達成任務，只能趁今天大家鬆懈疲勞的時候。小艾，這件事我只能自己動手，如果我做不到，別的存在就會接替我，他是我飼大的囝仔，我不忍心見他毀在非人手中。」葉伯終於表現出咬嚙他內心的痛苦。

「可是……」

「那個存在一旦甦醒，世蔓還不如早點死了比較好，我甚至不知道他還有沒有魂魄可以投胎？只是聲音的話，不要也罷。」葉伯咬牙道。

葉伯說的道理我都懂，但我無法接受，大家都決定好最佳方案了，誰來替人類的葉世蔓說話呢？

「小艾，今日阿北求妳了，把小刀還我，妳和許洛薇出去吧！」

我緊張地握著冰冷的小刀，就是無法放棄。

又不是性命，甚至不是重要器官和手腳，媽祖娘娘要的代價基本上不妨礙生活，此後葉世蔓就要被幽閉在深山中，他又能和誰對話？被這樣對待後，他和葉伯之間還有話可說嗎？

被最重要的親人背叛捨棄，是我寧可死了更輕鬆，但葉世蔓連死都不能，爲了以人身封印住那個怪物，恐怕他就算自殺也會被各種力量千方百計救活吧？這是我爲殺手學弟感到心痛的原因。

「薇薇，妳怎麼看？」

「這件事我聽妳的，妳想保小鮮肉，我們就一起保他。坦白講，葉伯的決定比較務實。」許洛薇張著閃閃發亮的異類貓瞳，說出口的卻是再人類不過的現實考量。

「我……」光要帶許洛薇頂著神明目光混水摸魚就讓我心驚膽顫，我絕對沒本事再保另一個人了，然而，這股不願放手的強烈衝動也是無比眞實。

屁股忽然被貓尾狠狠拍了一下，有點痛，許洛薇作爲妖怪覺醒後的力道不是開玩笑的，如今的她哪怕沒有實體，也不會發生被鬼打牆擋在大門前的糗事。

「妳就是捨不得，才會吃這麼多苦。」許洛薇又用那種奇怪語調說話了，彷彿她不是我熟悉的玫瑰公主，我也不是她習慣的管家小艾。

「恐怕在葉世蔓這件事上，小姐們沒有權力干涉。這可是你們人類最愛說的『替天行道』。」黑山主低沉聲音在背後響起，貫徹整座山洞，令我渾身發麻。「小妹妹，妳果然會成爲阻礙。」

「二十四小時內三顧茅廬，黑山主大人您也很辛苦！白娘子是您扔出去的吧？擔心她太愛葉世蔓，忍不住搞破壞妨礙聲帶手術？」我的聲音聽起來很憤怒，大概不太恭敬。

多虧黑山主的亂入，我暫時迴避掉許洛薇令人兩難的問題。

「葉枝國不許我出手，好吧！本山主尊重他對孫子有特權，正如我對舍弟的事也有優先權一樣，讓妳們進入山洞簡直是太過愚蠢的錯誤，換成本山主根本不需靠一小鍋爛粥斷後。」

黑山主的謹慎態度令我猛然想通一件可怕事實：他根本沒離開過祕境周圍，隨時等著接替任務失敗的葉伯下手。

葉伯口中的「那個存在」若真那麼危險，黑山主又怎麼可能輕忽大意？夜色就是黑山主的本體，他用虛幻又龐大的黑暗身軀環繞著整個祕境，就像盯著昆蟲箱般監視葉伯一舉一動，許洛薇竟然沒看出近在咫尺蟄伏的黑蛇大物！

而且黑山主不是偷看我們洗澡，居然是光明正大地看！

「在營地用大霧攻擊我們的就是你？」昨夜被耍得團團轉許洛薇總算回神了。

「美人妳雖然資質不錯，可惜太嫩了。」黑山主露出蛇類的冷血微笑。

「本山主可爲你們補充葉枝國不清楚的任務細節，是人類先綁架了舍弟，不奉上一點牲禮來賠罪，吾等所統轄的非人之眾無法服氣，然後，漢人神明居然還想把殺不得的麻煩扔來山裡污染吾土吾民，簡直得寸進尺。」

黑山主罵得我們無話可說。

「可嘆舍弟的情況也的確糟糕，不得不仰仗漢人神明的賄賂。自古以來，優秀的巫者靈媒往往可以撫平神怒，舍弟正需要這樣的人物，即便他厭惡人類，卻不能沒有人來療癒他。再者，『慈悲的』媽祖娘娘看上這處祕境，用來將葉世蔓關到死再適合不過，山裡可不是處處都有這樣方便飼養人類的地方。」黑蛇山神譏刺道。

「難道是白峰主拒絕交出祕境，你們才要調虎離山？」我快被這一團亂麻打敗了。

「媽祖娘娘另一個任務也很重要，若無媽祖娘娘積極爭取交易機會，大君不在乎舍弟必須被關在地下多久，這點倒得感謝祂。但舍弟還不知道葉枝國的任務和葉世蔓的命運，做大哥的總得替弟弟爭取好處。一處養小東西的巢穴罷了，我等存在還需要遮風避雨嗎？」黑山主傲慢道。

沙文主義！這山神是沙文主義歧視狂啊靠！我和許洛薇從彼此眼中看見默默累積的怒火。本來還在掙扎要不要打腫臉充胖子，但這黑蛇山神真是能引起我們衝康他的慾望。

「本山主也是爲葉枝國好，不想日後尷尬才親自露面再勸妳們兩個最後一回，讓他去做媽祖娘娘代表該做的事。」黑蛇山神此刻已連虛僞的紳士做派都不想裝了，直接強硬命令。

「把人類當牲禮，總有一天你會後悔的！」許洛薇也不想演了，冷冷地嗆回去。

「呵呵。」黑蛇山神充滿輕蔑的表情讓我們更不爽了。

即便打不過，也應該要爲殺手學弟打一架才對。我沒偉大到能評論可能造成生靈塗炭的人間危機怎麼做最好，但我就是嚥不下這口鳥氣！

黑山主看出我的蠢動，眼神一暗：「小妹妹，妳可別仗著我不會殺妳，就以爲自己可以挑釁本山主後還毫髮無傷。」

「你有弟弟，我也有！」我這句話讓大家都傻眼了。「不要以爲只有男人……公蛇才會講義氣！」

「Me too!」許洛薇喊道。

還好學長們此時一個不在一個昏睡，沒辦法衝過來揍我，我還能放肆得久一點。

即便殺手學弟的命運終難挽回，若無人爲他挺身而出奮鬥過，那就太令人悲傷了。蘇晴艾和許洛薇一點點微不足道的掙扎，可以彌補葉伯造成的傷害，成爲日後葉世蔓被幽禁的少許安慰嗎？

不能把更多絕望壓在那個第一個對我告白的青年身上，沒時間了，我得認眞回應這份感情才行。

謝謝你喜歡我，學弟，雖然不是愛情，但我想保護你。我的心是這麼說的。

□

黑山主忽然將視線移向我的背後，我頭皮發麻立刻轉身，殺手學弟仍躺在石台上，眼睛不知何時已經張開。

山神幾乎是瞬移到青年身側，舉起右手扼向他的喉嚨。

「睡吧！」殺手學弟清亮的聲音響起。

我想也不想衝過去抱住黑山主手臂，想阻止他掐死葉世蔓，這才發現他的爪尖離咽喉還有幾吋，卻開始無力垂下。

「該死……這傢伙早就醒了，躲在葉世蔓的意識下嗎？漢人神明情報有誤，不只是聲音，你們別看他的眼睛，快走。」黑山主一聲令下。

我立刻低頭，下一秒卻抱了個空，黑山主身影稀薄，在燭光中轉眼消失。

「許洛薇，閉眼！」我只能側頭低吼。

「我忽然好想睡……」許洛薇搖搖晃晃嘟囔著走過來，企圖發出最後一擊，徒勞睡倒在我腳邊。

葉伯甚至在葉世蔓剛說出那兩個字的瞬間就倒地了，我總算知道媽祖娘娘的警告和葉伯的恐懼不是空穴來風，然而已經太遲。

等等？我怎麼還醒著？

石台上，那人正慵懶地撐起身體，彷彿躺了幾千萬年那樣小心翼翼地活動脖子，我與他之間距離不到一公尺，完全可以連續甩他十巴掌。

他坐在石台上，我又生得矮，視線落差不大，我直直對上黑山主警告的魔眼——怎麼看都像是平常的殺手學弟，勉強要說只是眼神懶了一點，笑容勾人了幾倍，他居然就這樣直勾勾與我對望進行眼神廝殺。

半晌，他似乎因睡太久眼睛痠澀敗陣，再度開口：「妳跪下來。」

「你好大狗膽敢對學姊以下犯上。」我立刻生氣了。

我不怕他，也沒被他的聲音影響，學弟身體裡到底封印什麼玩意？無論如何，他的魔力對我無效，我一定得好好把握這個機會研究如何保下殺手學弟。

「爲何妳還醒著？感覺很熟悉，我認識妳嗎？」他爬梳頭髮後又是一愣，彷彿被殺手學弟的超短髮嚇了一跳。

「你是誰？」我虛攏著手指問，這個距離和姿勢，用大外刈幹倒他！直接往岩地上撞或許能成！

「我是……」他第三個字卡在喉嚨間，困擾地皺了皺眉毛。

「你該不會連自己是誰都不曉得吧？」我屏氣凝神問。

那個存在用葉世蔓的臉孔笑了起來。「我當然知道自己是誰，只是時過境遷，竟漫長到連我都忘了名字。」

「那好，你自我介紹吧！沒有名字的外星人。」我記得葉伯說那個存在不屬於我們的世界，細節未知。

「不如妳先自我介紹，我好想一想，妳究竟是什麼人？」他說。

這句子怪怪的，我不是蘇晴艾還會是誰？

「我叫蘇晴艾，是葉世蔓的社團學姊，順帶一提，你就是葉世蔓。」

「我很確定自己不叫葉世蔓。」他繼續笑著，眼神像是漂滿桃花瓣的溫泉。

「你什麼都不記得了嗎？葉世蔓的部分？」我得確定這個存在和葉世蔓在魂魄上是兩個個體還是一體兩面？

「學姊……小艾……」他按著太陽穴搜索記憶。

刑玉陽到現在還沒衝進來，想必是不會醒了，這時還是讓他以爲刑玉陽是被牽拖的路人比較好。

「來世的我喜歡妳？似乎告白了，眞有意思。」

該死，他有學弟的記憶，表示他知道很多人的弱點，威脅程度爆表！

「那你記得自己喜歡男人嗎？」他用「來世」形容殺手學弟，那個存在承認自己是殺手學弟的前世？所以算是同一個人？這是我最不想遭遇的狀況。

「不可能！」他果斷否定。

哇靠！是選擇性回憶！

其實我周遭就存在著擁有前世記憶的例子，前陣子被蓮花燈照過想起某些過去的溫千歲不肯對我劇透，只是警告我，蘇晴艾有很多債主，難道殺手學弟的前世也算一個？

並非胡亂猜測，我這個人不是隨便和誰都能親近得起來，尤其是沒有血緣關係的對象。我和許洛薇前世肯定牽扯不清，而且不是每個練柔道的學弟都像葉世蔓讓我願意費心。

他朝我伸出手，似乎是想碰觸我的臉，我反射性撥開，隨即凶狠地抓握他的衣襟，他卻呆呆任我抓住，笑容異常燦爛，我瞬間忘了繼續攻擊。

回過神來，我立刻咒罵自己無能，依舊感應不到出口成眞的魔力是怎麼回事，純粹是那個表情太犯規，明知他不是殺手學弟，卻眞切感受他們是同一個人，那是看著最喜歡的人的表情，殺手學弟當初告白時也是這樣燦爛到令我心酸，但這個被封印的魔王幹嘛對我放電？

「妳會柔道？」

「廢話，我們是同一個柔道社！」

「妳喜歡吃鹹酥雞和薯條？」

「等等，你的年代和異世界沒這種食物吧？不要把葉世蔓的記憶當成自己的亂湊好嗎？柔道也是十九世紀才被日本人發明。」我抗議。

「輪迴轉世……原來我真的到了那個人說過的世界。我不會無緣無故醒來，那個人就是妳，對嗎？」無名氏將天神地祇的威脅全丟到角落，猛然熊抱住我。

我已經全神貫注提防他忽然發難，依然毫無還手餘地，我感覺出那個存在精通柔道，他不只用雙臂鎖住我，還巧妙地對脊椎施壓卡住我的重心，使我無法出力掙扎，最大的問題是，他和殺手學弟的柔道風格截然不同。

每個人練過一段時間柔道都會形成習慣和個人特色，這一點練習對手最清楚，主將學長曾經在被附身狀態還能毫不費力地認出我的攻擊，正如我也馬上就感覺出，在柔道習性上魔王和殺手學弟完全相反，糟糕的是，眼前這個造詣更高，說不定比主將學長還強。

異世界哪來的柔道教練？還有這如臨大敵的態勢怎麼回事？我只是社團裡的萬年白帶廢柴，有必要這麼認眞嗎！

一接觸就感覺到了，無名氏整個人像蜘蛛網一樣又輕又黏，我生平還沒遇過這種程度的高手，和他比起來刑玉陽便有些火候不足。

「怎麼不還手?」他在我耳邊輕語,很是期待。

「我打不過。」雖然不爽,但我對估算柔道戰力值很客觀,不想做無謂的掙扎,黑帶都喜歡玩弄獵物,我怎麼想都覺得這個前世混蛋不會例外。

「又在和我開玩笑了,『你』怎麼可能打不過我?」

當時我還不知道,從這句發言之後,他對我的稱呼完全換了個意義。

「我白帶而已啊!」

「你倒是一直繫著白色帶子,哎,看著肉身的臉還眞不好認,但我的感覺不會錯,這次我有比老大搶先一步了嗎?」他收緊懷抱,勒得我喘不過氣。

我想問老大是誰,但眼前更需要關注的顯然是我的肋骨。「放開……放開!沒辦法呼吸!」

「眞的變弱了?」他不可思議地喃喃自語。

「你是不是認錯人?」我流血流淚地操練了一年多,加上許多次痛苦實戰,自問戰技已比大學時代好上不只一個檔次,以柔道白帶來說程度起碼有前階了,我又不是眞想當武林高手。

「你該反省爲何沒能想起我,能力分明與那個人一模一樣,這還不是最好的證據。」

無名氏果然從葉世蔓的記憶庫撈出ARR超能力機密,拿來參照我前世與他的關係。

「更好的證據?」一提到超能力我就心虛,詭異艱澀的ARR超能力在無名氏眼中卻是司空見慣，這個「他」顯然非常了解我的前世，若過去是熟人，豈不表示我也是外星人轉世？

「你一碰到我，我就歡喜得不能自已，過去未來，能辦到這一點的只有那個人。換成以前，我早就被你摔出去了，輪迴轉世看來也有好處。」

他堅持把我當成特別對象，這股蠻勁與牛脾氣和殺手學弟一模一樣，簡直莫名其妙。但他口中那個特別的人顯然很強，我水深火熱這麼多次就覺醒了個坑爹的ＡＲＲ超能力，別說強化攻擊防守了，身體還差點被超能力吸乾。

阿克夏記錄開閱者擁有預言能力，要說是天眼通也可以，可惜不適合打架，倘若本身不具備其他戰鬥力或者保護者夠猛，就是被覬覦稀有情報的人搶來搶去的珍奇望遠鏡，不會被當成人看。

假使前世的我很強，強到可以讓這個無名魔王俯首帖耳，爲啥這輩子我沒覺醒一些像樣的戰鬥技能？魔法也好靈力也罷，請給我來份菜單，我餓很久了！

「這畜生又是誰？」無名氏總算瞄了一眼趴在地上的許洛薇。

「我最好的朋友。」

「你居然會交朋友了？」他以誇張的口氣讚歎。

「我不管你所謂那個人到底是誰，我就是蘇晴艾而且只會是蘇晴艾。」就連國中同學邀敘舊我都零記憶也毫無興趣，不記得的人硬要拉關係讓我很煩，前世又怎樣？我可不想演他喵的偶像劇！

「我會讓你想起來。」

無名氏這句話讓我湧出難以言喻的恐慌，我不希望現在這個蘇晴艾消失！哪怕同時擁有兩世記憶，我都不會再是原來的我了！說白了，前世人格覺醒這回事，對本人而言不就是思覺失調嗎？

「想起來以後被你拖累？」我冷不防問。

他愣了一下，像是沒料到我回刺得這麼快。

「沒錯，我很期待！」無名氏笑得開懷。

一個人空手對付魔王等級的混蛋太酸爽，許洛薇——刑玉陽——誰都好快點起來揍他吧！

突如其來的天搖地動晃倒許多燭火，石室立刻暗了下來，我蹲低抱頭防禦要害，再想想這動作還是浪費時間，趕緊相準葉伯的位置爬過去想把他拖出山洞外，地震時還待在這種狹窄封閉的地點等於找死。只差一步就能抓住葉伯肩膀，我伸出的手卻被人扯了回去。

「幹什麼？自己有腳不會跑嗎？」我憤怒地向著操控葉世蔓身體的前世人格嚷著。

身爲被地牛搖大的台灣人，魔王遇上天災也得排隊！我當然先救還是活人的葉伯，許洛薇是魂魄妖身應該還好，刑玉陽睡在洞口，沒有我此刻所站的位置危險，果斷逃命再說！

「不是眞的地震，那條黑蛇還沒睡著，倒有幾分骨氣，想用力量將我們趕出去。」

誰跟你是「我們」！

「那你就出去唄！還是你怕了？」

「激將法對我沒用，雖說這地方也不怎麼討喜，我本來就打算離開了。」

他一鬆手，我立刻照原定目標勾住葉伯腋下倒退著將他拖出去，無名氏則悠哉地跟著我的速度往外走。

經過刑玉陽時，無名氏驀然停下，我的心臟差點停止跳動。

「這傢伙又是誰？」

「葉世蔓認識他，你不會搜搜記憶？」殺手學弟沒看過許洛薇的眞面目，無名氏乍看不認識角翼貓的身分問起還說得通，刑玉陽對他應該不算陌生人了。

「我想聽你說。」

「同校學長，幫過我很多次的重要朋友。」我秒答。

「你似乎有所隱瞞？」

「我是總結重點長話短說。」讓你見識蘇小艾睜眼說瞎話的硬頸精神！

無名氏索性蹲下來挑起刑玉陽的下巴仔細打量，一縷縷長髮散亂地落在精緻的五官上，疲累且失去意識，仍能看出長年累積的懾人氣勢，火光照出鮮明俊美的輪廓，髒污雜亂的外表反而增加幾分男子氣概。無名氏嘖了一聲，低語：「應該不是他……」語氣有點沒把握。

要是刑玉陽只是睡著，此時早就跳起來把這可惡的魔王人格全身關節都拆了，偏偏他被下藥處於昏迷之中。

「『他』是誰？」我在一旁看得毛骨悚然，無名氏似乎在核對我身邊熟人是否也是他認識的對象轉世。

無名氏但笑不語，我只好加把勁把葉伯拖到露天處，確保老人不會被落石砸中，正要回頭挑戰連刑玉陽一起搬，卻被無名氏再次攔住。

頭頂上方傳來龐大壓力，我抬頭看去，漆黑夜空竟出現兩顆金綠色月亮。

月亮們靠得很近，我猛然意會，那是黑山主的獸瞳！

山神是夜色與霧氣的化身，將整座祕境團團圍起，以本體的巨大身軀築成圍牆，我們就在被包圍的正中心！

黑山主正用最後一絲理智抵抗著無名氏喚起的強烈睡意，連我都能看出他周身翻騰著狂暴獸性，高傲的野獸不容許自己輕易屈服。

墮落的山神會吃人，無名氏把黑山主逼到極限的後果是在場的人類都有危險，和白峰主對峙過的我非常明白這些大蛇的本性。

「你要催眠不會一次到位嗎？」我氣極敗壞地罵道。

無名氏滿不在乎地聳肩。

黑山主身軀緩緩滑動，四周開始出現鱗片反光與沉重的輪廓線條，山神正變化得更加具體，這不是好兆頭。

「嘶——」黑山主亮出獠牙，連人話也不說了，我渾身血液逆流。

懸崖上方躍下一團白影，瞬間變化得與大蛇身量相當，同時咬住黑山主頭頸，四周黑暗翻騰起來，我被兩股糾纏在一起的力量震得頭暈目眩，只知犬神出手了。

「冷靜一點，還有大君在。」渾身散發明亮月光的雪白狛犬無聲地傳訊。

「他的聲音還在我腦海裡迴響，這是什麼見鬼的力量？」黑山主同樣用非人類語言反問。

「你和那人類小女孩爲何沒事？」黑山主繼續追問。

「吾只是比你撐得久。」雪白狛犬答。

男人之間最忌諱的對話，犬神就這樣大剌剌說出來了！還有我爲什麼聽得懂？難道是站在魔王旁邊被影響？

「看吧~沒事。你何時變得如此大驚小怪？」無名氏用食指刮了一下我的臉頰，結果我比黑山主更快爆發獸性張口就咬。

他千鈞一髮縮回手指，抬頭打量近在咫尺的幻獸大戰，比戰車履帶還恐怖的黑蛇身軀或狛犬的巨靈大掌隨時可能碾壓所有人，他卻一副非常習慣的姿態拖著我不時挪個幾步神準走位後繼續看戲。

山神們骨子裡就是猛獸，完全靠爪牙溝通，看樣子是想比誰在魔音傳腦下先撐不住。犬神刻意將黑山主逼離山洞，多少護著身後的葉伯，令人稍微鬆了口氣，但我這邊還在搖滾區。

黑山主發現以身軀圈起的禁區出現許多空隙，不禁大怒：「莫非你要放走『他』不成？」

狛犬望了我一眼，我還來不及說些什麼就被無名氏拖著跑，果然魔王剛覺醒還力有未逮，方才我還眞的相信他能大搖大擺走出黑山主控制範圍，蘇晴艾妳這笨蛋！

「葉伯他們就拜託你了，犬神大大——」我本來想說大人，一時不愼口誤。

「噗！」拉著我狂奔的男人發出一聲悶笑。

這個遠古前世難道還聽得懂網路用語？輪迴轉世爲啥不能把腦洗乾淨一點，給我一個聰明可愛又聽話的學弟就好？

「憋氣，別呼吸。」無名氏忽然道。

我沒有勇氣見識唱反調的後果，果斷屏住呼吸。

大量黑霧湧過身側，我順著黑霧來向看去，黑山主正從嘴邊噴出濃郁黑氣，要癱大家一起癱，誰也別想走的意思。

我抓著無名氏的袖子用力搖了搖，表示我就算憋氣也憋不了多久，接受那句警告的同時已經吸進少許，雖然和溫千歲的疫病灼熱不同，那股霧林味道也是某種瘴氣，我太熟悉中瘴氣的身體反應了，不是冷就是熱，更糟的是又冷又熱。

已經不舒服又處於緊張混亂中，還得憋氣跑步對我來說不知有多麼痛苦，他彷彿感覺不到我的求助般，逕自尋覓生路。

黑山主先前其實眞的手下留情了，我在肺部快爆炸的狀態下跌跌撞撞跑著，拚命抵抗倒向地面的誘惑，祈禱這個自稱喜歡我的魔王離刑玉陽他們越遠越好。

無名氏拽著我衝進祕境周圍的密林裡，明明是伸手不見五指的黑暗，他卻極爲精確地閃躲障礙物，配合地形起伏移動，宛若一隻人形蝙蝠。

我在跑到一半時就忍不住偷偷換氣了，幸好一入密林瘴氣瞬間淡化許多，也有可能是黑山主不像溫千歲厲鬼化時那麼毒，大黑蛇畢竟還是一尊山神嘛！總之我還能挪動雙腳跟著這個天界想滅口、媽祖娘娘打算囚禁的災難存在逃跑，蘇晴艾再度超水準發揮！

他一次也沒停下來溫言暖語鼓勵我，頂多是在我踉蹌時等我兩秒，沒有咒罵著硬拖起我，和剛才深情款款告白的舉動實在兩極化，但我很明白為什麼，無名氏魔王喜歡的是與他相同時空的某個人，台灣女生蘇晴艾對他來說只是個陌生的肉身皮囊，他當然不在乎我的感受。

我也一樣，只要學弟的身體不出差錯，本人還能恢復意識，這個魔王人格最好就此消滅。

措手不及穿過一層薄膜般的凝重空氣，頓時完全感受不到瘴霧了。

眼前出現亮光，我的胃像被人塞了塊石頭。

數盞雪白燈籠飄浮空中，照亮一小片長滿苔蘚的地面，沒有雙手的白衣女子站在一人高的籐編箱籠前，她身後則站著昨夜綁架我的藤蔓怪物，迎接我的就是這幅超現實的畫面。

我下意識往後退了一步，這才發現自始至終手裡都緊緊握著娘娘的小刀，難怪剛才跑起來那麼不順，即便跌倒我也沒有放手，就像當初我抓到那盞蓮花燈一樣。

隨手扯了一條藤蔓將小刀鋒利的部分纏繞起來。無名氏絕對有看到我的動作，也知道這把小刀就是專門剋他的道具，卻沒有任何反應。

「你在山洞外和白娘子說話時就已經覺醒了嗎？她才能恰恰好等在這裡。我不懂黑山主怎沒聽見你們密謀？」擔心他臨時反悔又從我這邊搶走小刀，我努力從乾燥刺痛的喉嚨中逼出句子轉移敵方注意。

「我用那條黑蛇聽不見的聲音說的，或者說，越想聽清楚我說什麼，就越容易被我影響。我也試著給你聽，但你果然是聽不進去。」無名氏的呼吸一點都不急促。

「我只想聽葉世蔓的聲音！」

「眞是頑固，但我也不是第一天知道這件事了。」無名氏做了個「請」的手勢，比向我已經很熟悉的籐編箱籠。

「綁架我有什麼好處？你一個人要逃跑也比較容易吧？」坦白說，我已經有點意識不清，追兵才是我的希望所在。

「剛好相反，沒有『你』，我來這世上一遭才是白費工夫。」

很痴情的台詞是不是！還眞誠得很該死，但他在說這句話的同時透露出的敵意也不是造假，無名氏一定很討厭心上人嚴重走鐘的來世版本，哈哈！

就算我消極抵抗，藤蔓怪物也會把我硬塞進箱籠，只好撐著最後的尊嚴走向那配合我的身高斜傾方便爬入的開口，才剛靠著角落就定位，又有一個人滑進來。

「沒空間了，你幹什麼？」乍然和他擠成一團，我又驚又怒推拒著。

不到三秒我就被寢技制伏，被迫坐在他懷裡，和一個力量驚天動地的討厭混球身體大面積接觸，我既彆扭又難受，奇怪的是，我依然不怕他。

「總算變乖了，嗯？」

他說這句話時，大量冷汗正從我額角和背部往下流，我有點遺憾不能趁昏倒前吐在敵人身上，肚子裡空空的沒東西可吐。

兩個人在箱籠裡混雜的氣味完全不好聞，我想起平常乾淨清爽得幾乎有點神經質的殺手學弟，不禁又悲傷起來。

「你好髒，而且好臭！」撐著一口氣大聲說完，從縫隙中透進的細碎燈籠光暈一瞬全暗，我在昏倒前捕捉到他全身僵硬微微躲避的反應。

蘇小艾的精神攻擊大概起了點效果，活該！

Chapter 08 / 魔神仔

陌生的昏暗房間，毫無知覺疲累與病痛的虛無體感，我百分之百肯定ＡＲＲ超能力正在發動中。

永遠無法習慣一覺起來沒能清醒卻跑進其他怪異夢境這種事，我的三大保險絲許洛薇、刑玉陽和主將學長都不在，這回的宇宙意識漫遊眞的得步步爲營。

乾脆哪兒都不去，就這樣待到自然醒？我坐下來抱住膝蓋，死死盯著不遠處的喇叭鎖，夢裡絕對不能隨便開門，我在戴佳琬的客廳裡學到慘痛經驗。

覺得心靈系超能力很酷的人，一定不了解這種隨時可能回不了地球的恐怖，我就算不樂觀也得強迫自己感覺良好，否則眞的會瘋掉。前世的我想必是把ＡＲＲ超能力發揮到得心應手，強到有剩，難怪可以把魔王當小弟使，連轉世後的我都還能撿些能力渣渣來用。

這下子ＡＲＲ超能力來源之謎解開了，好像也沒有值得高興的地方，我想擁有這種能力的人大概不會善終，每個人其實都具備謎之前世，只是這輩子有無被牽拖到的差別。

總覺得那扇門隨時會自動打開，跑進一些怪物，甚至，就是對我有著莫名執著的戴佳琬，反正她不可能放棄刑玉陽，會不會跟進山裡很難說。

過了一會兒，我受不了這樣呆滯地警戒，打量起房間內部。

雙人床、化妝台和大衣櫃，牆邊矮櫃上擺著一台電視，第一印象是屬於已經成家且有點年紀的夫妻臥房，畫面繞著牆壁、天花板和無關緊要的家具游移，又像我第一次困在戴家客廳的感覺，有些角度就像玩電腦遊戲般怎樣都轉不過去。

現在我知道，那些視角轉不過去的地方往往很有問題。

我只瞥到雙人床一小角，整個房間裡唯獨看不見床上發生什麼事。

一股陰鬱氣息從四面八方的牆面與角落床底滲出，形成無形的濃霧，我開始呼吸困難，同時嗅到一絲血腥，暗道不妙，在這房間待得太久開始同調了。

果然接著鮮血氣味山洪爆發，我簡直就像被人壓在吸飽鮮血的床單上。恐慌瞬間浸透全身。我按照平常的訓練稍微轉移注意，想起院子裡那株今年春天種下的紅玫瑰。

虛空中湧出玫瑰香氣大幅抵銷血腥衝擊，回過神來我正趴在床角，像是要悶死自己一樣用力把臉往床上壓，重複著凶手曾經做過的動作。

這不是眞的，一切都是夢境。

如果我不能保持定力，就會被房間主人的執念拖下去，無法回到現實。

「你是誰？」我再度挺直腰桿，大聲質問。

一團夾雜震驚、暴力、背叛和各種複雜情緒的雜音猛然衝擊而來，最後化爲淒厲的女人尖叫，我恨不得摀住耳朵，充滿悲慟與恐懼的叫聲卻直衝大腦深處，令我齒根發酸。

下一秒血腥迷霧散開，床上出現被棉被蓋住的兩具人體。沒有掀開棉被看她們的長相，但我知道是兩個女人，一對母女。ARR超能力和物質世界無關，沒有人會喜歡讓他人看見自己的淒慘死相，棉被本身就是受害者的自尊與抵抗，如果我此刻去掀棉被，一定會受到亡者攻擊。

她們正是血腥味來源，胸部位置的棉被表面暈開大片濕痕。

答案呼之欲出。

「是劉君豪嗎？」爲啥被殺手學弟前世人格綁架中的我，會夢到正在另一座大山挾持人質逃亡的滅門慘案凶手？

「不對，不是他。」我自言自語。「這個感覺是……他的老婆和女兒？」

受害者的遺體雖然移送司法解剖，陳屍房間卻悄悄凝聚著濃厚怨念，不久之後那對母女可能就會變成新的厲鬼。

但凡活人橫死，魂魄都會經歷一段混亂期，像戴佳琬那種斷氣瞬間就恢復清醒的例子極端稀有，只表示她在生前魂魄就很接近亡靈狀態，相對肉體死亡衝擊不大。此時此刻劉君豪的妻女魂魄非常混亂，這一點很不妙。

都在夢裡來到命案現場了，要申冤還是傳話怎樣都好，但我卻遲遲沒接收到有用訊息，國慶血案殺人動機格外模糊，彷彿死者們自己也不知道，一個顧家的好爸爸、負責任的丈夫爲何忽然痛下殺手？

最詭異的是，那股怨念中參雜著凶手的愛意與悲傷，碰觸棉被時，我閃過凶手小心翼翼用棉被覆蓋屍體，這是罪惡感的典型表現。

凶手不是因爲怨恨才殺人，夢境強烈地展現這一點，難怪死者們非常冤屈，如果劉君豪在生活中發生過不去的坎，比如說欠高利貸或者癌症末期之類，企圖拖全家自殺，那他根本沒有綁架立委女兒逃亡的理由，這點矛盾始終說不通。

一團風暴似的怨念邊緣傳來日常生活的各種對話，鄰居的風言風語，記者捕風捉影的問話，警察來來去去，法師誦經作法等各種瑣碎變化，形成兩個光影分明的世界。

地球依然轉動，這對母女的人生卻已終結。

或許不是所有被親人殺死的受害者都想復仇，但劉君豪的妻女必定會變成厲鬼，因爲她們得找到那個男人，問清楚他爲何要殺她們？這股滿溢鮮血的執念纏繞著驚恐與痛苦，里長找來的法師根本沒發現問題所在，虛應故事後告訴大樓管委會和鄰居凶宅已經淨化妥當，這麼不專業還敢收錢出來混？

問題來了，怎麼找過去？新生厲鬼移動能力通常很爛，肯定需要附身對象，接下來的套路去便利商店找靈異小本本來看也能中個七八分，惡靈能動用的就那麼幾種手段，鬼畢竟也是人變的，老娘要復仇，誰管你這麼多？哪個時運不濟的倒楣鬼撞邪被迫幫忙只是時間早晚。

都過了這些天，別告訴我還有鬼差收尾，七爺八爺會來早就來了，顯然有些魂魄死後就是放生狀態。

想得太入神，竟未察覺那團怨念連我也包圍，企圖將我溶解吸收。

「我和妳們無冤無仇！我不認識妳們！」大駭之下，我胡亂揮舞手腳掙扎。

爲何劉君豪的妻女能捕捉我？我連她們的名字都不曉得！

救我……幫我……別走……

刹那間彷彿重複數萬次的哀求，綿密得令我渾身發痛，宛若四肢百骸被針戳了個遍。

哪怕戴佳琬此刻就躲在房門另一邊，那在夢境中眞實呈現魂魄崩毀狀態的半霓，人皮下全是眼球和腐爛黑膿，我也必須開門逃跑！

我握住門把一轉，門後是純然的黑暗未知，好哩加在戴佳琬沒蹲守在外面，曾幾何時我這麼容易滿足了？都是戴佳琬這個怪物太會進化而且是不講道理的遷怒瘋子，我不知道她吸收老符仔仙後又多出什麼能力，但願永遠沒有知道的機會。

衝吧！

不小心又迷失的話，小花神貓還會來導引我嗎？還是嫌我經常不長眼睛找死懶得管了？

我悶頭往前狂奔，背後乍然繃緊，像是有許多絲線把我和那張雙人床縫在一起，阻止我的意識離開。

被戴佳琬的執念沒頂過一次後，至少分得出凶殺現場束縛我的不是執念，而是別的東西，也許冷靜下來多想想能猜測出那些絲狀物的真面目，但我此刻太慌張了，宛若陷進網罟的魚兒般全力掙扎，只想扯斷那些噁心的連結。

和血管很類似的黑線，粗細交織。腦中閃過這個朦朧意象。

明明沒有實體，我卻有種背上皮膚快被扯爛的感覺。忽然間，絲線鬆了，仍然黏著我，我只顧著拔腿衝刺，離那間血腥臥室越遠，披在背後的絲線似乎就越不明顯，終於有如過敏反應般漸漸淡化消失。

我的名字是蘇晴艾，今年二十四歲，持續失業的廢柴超能力者，我想回到那個生老病死的世界——總是鼓勵支持我，令我放不下的人們，有那些人存在的地方！

不斷連續使用下，ＡＲＲ超能力已經突破了，我的確如願定位到冤親債主下落，只是當時的我還沒有意識到這件事實。

□

赤腳跑在礫石地上，仍舊不是山裡的土地觸感，我不禁恐懼，這樣的夢中夢難道會持續到我崩潰或被強制叫醒爲止嗎？殺手學弟的前世版本肯定很了解我此刻能力失控的情況，他也想喚醒我的過去人格——如果存在的話。如果我是無名氏，肯定不會幫踩煞車讓蘇晴艾回來。

魔王大概這麼想：本尊一旦覺醒就有充分能力自救，從阿克夏記錄中脫離回到現實了。他搞不好還會阻止別人叫醒我。

「你」會醒來嗎？我自問，沒有任何回聲出現。

黑暗中，我從某個人背後跑過。

等等！有人在？

我一意識到那個人的存在，四周立刻大放光明，風景一變，來到某處野外，一樣是視線不清的黑夜，遠處聳立像是武俠電影裡的木造樓房客棧，屋外點著篝火和火把，處處有人交談走動。

抬頭望去，滿天繁星，璀璨得像是落進眼睛的無數雨滴，沒看見銀河這件事讓我有點遺憾。如果我有一點天文常識，立刻就能發現星辰排列和地球星空截然不同，可惜我比起數星星更喜歡數銅板。

背對我的人影顯然遭到排擠，一個人躲在草叢後面偷看，從他的位置看去，那座處處懸掛燈籠的樓房和我的尾指差不多大，我的視力比自己以爲的要好，簡直像戴著望遠鏡看東西。

他冷不防轉過身，充滿驚訝，張口想說話，卻突兀地嚥下聲音閉緊嘴巴。我聽到他的聲音冒出喉頭了，確定不是啞巴。

那張臉我熟得不能再熟，居然是溫千歲！此時我比他驚訝N倍，原來我家王爺沉魚落雁的漂亮臉蛋不是模仿生母，而是他前世的長相！溫千歲剛出生就被掐死，魂魄順理成章恢復習慣的前世模樣。

爲何我確定自己夢到溫千歲的前世而非他的私人活動，主要是這時的他還是活人，除了長相一模一樣，毫無令我聯想到王爺廟裡那尊主子鴨霸風采的地方。

他很畏怯。又是一個我極難和溫千歲放在一起的特質。

溫千歲身上的衣著只能說是走無印良品風，灰白或米色的植物纖維編織布，長袖單衣加長褲，腰帶就是打結的一條布，這是方便勞務的裝扮，不屬於貴族階級，和我生魂離體時的魂魄穿著一模一樣。

「爸爸，我來找你了。」我聽到自己用清脆的童聲這麼說。

親子裝，加上仰望視角，我終於和前世重要的羈絆對象相逢。

這回穿到前世的自己身上，還是強制被動觀賞模式。ＡＲＲ超能力發動中果然不能亂想，一想就應驗。我此刻無比懊悔，卻連眼皮都無法自由地眨一下。

「哇，是新衣服呢！」過去的我拉起他的袖襬摸了摸，我趁機感受針腳，又密又結實，匠人級手藝，看來我的生母很賢慧，粗布衣也能做得這麼有質感。

我的聲音和視線高度感覺約莫十歲，溫千歲則比我印象中的王爺成熟一點點，大約是十九歲左右，但這應該不是他的實際年齡，果然是娃娃臉。

「你怎不加入他們？」我指著遠處的燈光人影。

「不適合。」前世的溫千歲說。

我忽然無比好奇他在這個時空的名字，可惜兒女不太可能直呼自家老爸的本名，只能賭看看有無旁人經過呼喚了。看來即便看見過去，我仍沒有恢復前世記憶的傾向。

我抓住他的手腕，不顧年輕爸爸一臉囧樣將他拖向那棟熱鬧的木樓，他不敢強力掙扎，只能乖乖跟著我走。

「不行的，我……」他臨時又顧忌地閉上嘴。

「你還是不愛開口嗎？這裡是可以放心說話的地方喔！」前世的我語氣裡完全充滿著小屁

孩的任性。

「我說的壞話會應驗，大家都知道，我是烏鴉嘴。」他喪氣地垮著肩膀。

「是壞事會藉著你的話顯露跡象，本來就不會發生的事，你講一千次也沒用，這點我不是解釋過了嗎？」

「嗯……」當事者完全沒有釋然。

「要說用聲音幹壞事，爸爸，你還差得遠呢！前面正在開趴的那隻才是箇中好手。」

「開趴？」

「你就是太少說話，和大家才沒有共同語言，來吧！我帶你玩個遊戲。」

「算了，改天，那個……」他的聲音越來越慌。

「放心，他們沒人敢對我怎樣。」

那段過去來得快去得也快，宛若一條躍出水面咬住飛蟲的魚，剎那水珠閃爍，而後落回深不見底的神祕，我又回到黑暗中。

短短一段對話，已夠我勾勒出自己的前世設定，妥妥一個靠ＡＲＲ超能力爲所欲爲的小霸王，動不動就繞些這個世界沒有的字眼「爸爸」、「開趴」之類標新立異，不是穿越女卻更勝穿越女，好丟臉！

往好處想，總算確定我和溫千歲上輩子的關係，難怪他想起前世以後嘴巴比生鏽的螺絲還緊，這麼可愛的弱氣形象必須徹底埋葬！這輩子的溫千歲實際上的確很疼我，就是嘴上不肯承認！畢竟他只想起一點點記憶，要認我這個外表還比他老的大女兒過不了心中那道坎，剛重逢那時他硬要我叫叔叔，也是因爲這輩分離爸爸最近，恐怕是前世慣性所致。

反正大家都轉世投胎過了，倒不必硬要王爺承認名分，從今天起，我要在心裡好好孝敬溫千歲。

本以爲已經失去這輩子的爸媽，原來上輩子的爸爸離我很近，一直保護著我。即便仍在黑暗中徘徊，我卻因難得夢見一件好事，內心既有酸楚又感安慰。

「啪！」一滴冰冷水珠正中眼皮，我睜開眼睛，全身繃緊。

又是躺在某處山洞裡，和白峰主的巢穴規模沒得比，不到兩人高也很狹窄，好在這處山洞不髒不臭，已經整理過了，還像連續劇一樣鋪著可能是梅花鹿或山羌之類的毛皮，數步外生起火堆，山洞裡很潮濕，石壁不時滴水。

或許是被瘴氣噴過的影響，我的眼睛很痠澀，火光一刺就更不舒服了，我不禁翻身轉向背光側，卻迎上有著紡錘狀漆黑瞳孔的血紅蛇眼，白娘子艷麗臉蛋貼著地面，匍匐著趴在我旁邊的陰影裡。

我「靠」了一聲彈起來，隨即渾身無力不得不單膝跪地，心臟咚咚跳，近距離直視妖怪實在太刺激。

視線飛快旋了一圈，沒發現魔王蹤影，白娘子方才是在監視人質？她顯然更想幹掉我，以免蘇晴艾繼續勾引她的master。

「妳的主人去哪裡了？」我問。

「Master去沐浴更衣，都是因爲妳的話！他身上的男人味明明很讚！」白娘子生氣地說。

白娘子顯然不懂殺手學弟也不懂無名氏，我相信就算不特別攻擊儀容，不管哪個他都會一得空就去梳洗，彷彿容不得有一根羽毛散亂髒污的鳥類，格外地龜毛。

我沒問無名氏怎麼沐浴更衣，在山裡跟妖怪較眞你就輸了。

「事情走到這一步，跟著他就等於和全體山神還有天上神明撕破臉，這事妳懂嗎？」我不認爲策反有用，只是好奇白娘子的心態。

「這是我的選擇。」白娘子依然倔強。

少女懷春是何種心情，迄今我依舊莫名其妙，我的中二歲月就在用滑鼠畫同人圖貼在網路上和網友互相吹捧中度過了，學校裡大家都差不多普通，最好是有俊美學生會長或傲嬌帥哥轉學生可供ＹＹ。上大學以後我才知道，原來俊男美女不但存在而且還大把成群，不是我的好朋友就是我的學長姊，害我又看膩了。

我對愛情依然保持距離以策安全，不懂流離失所甚至有生命危險也要戀愛的心態，退而求其次，至少確定是兩情相悅又互相適配的對象再投入也不遲，即便兩方都是人類，強求往往也沒有好下場，何況不同種族。

「學弟已經拒絕妳了吧？還有現在這個是前世人格，妳這算放棄葉世蔓嗎？」

白娘子在我咄咄逼人的語氣下愣了愣道：「在我看來，主人都是同一個人呀！我才沒有放棄master呢！」

「學弟不是自願變成這樣，就不能說是同一個人。」我想到自己的處境，加倍心有戚戚焉。「如果我也想起前世記憶，變成妳master喜歡的那個人，妳要祝福我們嗎？順帶一提，過去的他喜歡過去的我，現在的他不喜歡現在的我。」

白娘子俏臉皺成一團，看來這個哲學問題對她過於困難。

我嘆了口氣，種族溝通障礙，說不下去了。

「妳希望我喜歡現在的妳？」洞口傳來殺手學弟的聲音，我臉上立刻多出一排黑線。

「Master!」白娘子歡快地喊了一聲。

無名氏果然梳洗過了，還換上一身灰底蘆葦花紋的男子和服，他對我們眨了眨眼睛：「好看嗎？」

好看是好看，但我更在意衣服的出處，未免太合身了。「這衣服哪來的？」

「既然希望master一起來爲白峰主工作，我當然要爲master打點好這點小事，還好黑山主大人的裁縫說簡單的衣服願意替我做。」白娘子趕緊邀功。

原來黑山主不以幻化西裝滿足，還會訂製實體服裝來穿嗎？我在山神妖怪身上看見人類文化消費者的潛力市場。

「妳也幫『蘇晴艾』訂幾件與我合襯的女裝吧！這時代的女人打扮實在不堪入目。」無名氏指著我隨口對白娘子說。

放心好了，就算穿上輕飄飄的女裝，蘇晴艾也不會在月光中變身成仙子的！我要持續打擊無名氏的審美觀！

「是的。」

「喂！」我看不下去了。「你太過分了，她喜歡你。」

「那又如何？有東西喜歡我，我就非得喜歡回去？」

「不是……」我和魔王居然在這一點做人原則上產生共識，眞悲哀。

無論如何，極想殺殺他的銳氣，反正我就是知道該怎麼戳他。

「但這樣不夠紳士！一點都不帥氣！」我振振有詞。

無名氏再度露出尾巴被踩到的表情，Yes！太棒了！

「Master！您千萬不要在意，我不想讓您有負擔。」白娘子立刻站在魔王背後怒視我，真是好心被雷親。

「乖巧這一點倒是可喜。」無名氏讚了一句，白娘子看上去開心得隨時會哭出來。

「還有任何我能爲您做的事嗎？親愛的master。」躲在後面的白娘子盯著我眼睛噴火，口氣卻黏膩得字字滴蜜。

「妳去把『蘇晴艾』的背包拿過來，方才太匆忙了，免得『蘇晴艾』缺這缺那抱怨不停。」

輕描淡寫的一句指令，卻讓白娘子下意識瑟縮，我馬上意會，這不就是要白娘子返回有黑山主、犬神和許洛薇這三大猛獸打架昏睡現場嗎？要是其中一頭沒完全睡著或者黑山主的部下和其他山神使者已出現護法，白娘子就是妥妥去送頭了。

「放心，此刻那些畜生應是熟睡了，還是，妳對本人能力沒信心？」無名氏連眼角眉梢都暈染著溫柔笑意，口中吐出的話語卻如斯殘酷。

話都說到這份上，白娘子再蠢也知道是忠誠測試。

「Master，倘若我回不來，您會記得我嗎？」

白娘子說這句話時聲音發抖，顯然極度畏懼黑山主的怒氣，也清楚險些殺掉她的許洛薇這次眞的會把她戳成篩子，我還以為她爲愛盲目不懂得害怕，原來是豁出去了。明知這一點還能無所謂地利用白娘子，無名氏令我心寒。

「我會記得妳爲我做的一切。」無名氏的話聽不出敷衍或不耐煩，但也沒有任何眞誠感激，就是一句非常平淡的肯定回答。

「謝謝您。」明明是這麼不靠譜的回應，白娘子卻放心了，露出視死如歸的表情離開。

被留下來的我和魔王沒話好說，只能強作鎭定，熟悉的學弟臉上帶著陌生的笑容，比他被冤親債主附身還讓我切心。

他冷不防朝我走過來，我匆匆忙忙退到火堆的另一邊，此刻和無名氏魔王獨處這件事令我難以放鬆。

無名氏似乎很喜歡我害怕戒備的模樣，像是在觀賞什麼珍禽異獸似的，眼睛發亮。

「到目前爲止玩得開心嗎？」無名氏問。

敢情他那些退讓的小動作也是在逗弄我？

「你放我回去，我會更開心。」我只想快點離開這個詭異的存在，方才一心想爲殺手學弟做些什麼的想法果然還是太傲慢了，哪怕無力反抗，但我沒有積極掙扎也是事實。

只是存著一絲絲希望，說不定我能喚醒殺手學弟的意識，普通不都是會有這種情節嗎？被重要的人喚醒之類，許洛薇也曾叫醒被附身的我。並非自戀得認為只有蘇晴艾能拯救葉世蔓，而是我有義務代替葉伯用不同方式努力。然而，和這個無名氏待在一起越久，越感覺這份希冀的天真。

此外，就算我再不喜歡，也得弄清楚殺手學弟和我的前世到底是怎麼回事？

「你剛剛昏睡時為何只喊他？」無名氏無視我的訴求又問。

「我喊誰了？」我一頭霧水。

無名氏又頓住，他有明確指稱的人物，偏偏無法記起名字。反過來說，除了名字以外的前世人脈他都記得嗎？我不禁冒出這種懷疑。

「你說ㄅㄚㄅㄚ。」無名氏指責道，也許是因為我沒喊他的真名。

難道夢見我和溫千歲感人的前世親子關係也要向你交代嗎？

「我想念爸爸不行嗎？爸媽死掉以後魂魄從來沒回來過，大概已經投胎了。」甚至不能太頻繁地思念，一想就會痛。

「你有父母？」

他又用誇張演技嘲諷前世的那個我，我開始認爲那是某種怪異的懷念方式了。

「當然有，不然你是石頭裡蹦出來的嗎？」我回敬道。

火光與一個狼狽女生的倒影映在無名氏眼中，彷彿蘇晴艾正在燃燒。無名氏深深地凝視我然後說：「你恐怕是還未想起那些神明爲何急著封印我的緣由，需要我提醒你嗎？」

「好啊！」

無名氏竟直直踏進火堆，攪得火星飛揚，我被他這個動作驚嚇，轉眼間他闖過火堆貼著我傾身，嘴唇幾乎要碰到我的鼻尖。

「因爲『血統』的緣故。那人常叫我魔神仔，魔族與神人的囝仔，即使外觀很像，我卻不是人類，我繼承魔族與神人兩方陣營最頂尖的魅惑能力，所以眾生往往無法抗拒我的請求。」

溫熱氣息吐在臉龐上，我只能傻傻仰望沒入陰影中的帥氣五官。常說殺手學弟很魔性啥的，只是開開玩笑！眞的魔性一點都不好玩！

「那是上輩子……不對，N輩子以前的事啦！懷疑自己不是人類不會去驗個DNA嗎？都幾歲了還那麼中二！學弟！醒醒吧！」我狗急跳牆還是試著友情呼喚，結果連點漣漪都沒冒出來，氣死我了！

「你的語氣和那個人一模一樣，對魔族與神人的話題似乎不陌生？」他捧著我的臉頰說。

「漫畫小說和電影常常看到，大概和你講的神魔不一樣，不過我們地球人也很熟神魔大戰。」他可能在說很勁爆的眞相，聽到那麼惡俗的名詞我偏偏無法投入，我迄今遇到「超能力」三個字還是會笑出來，笑著笑著就想哭了。

被捧著臉卻不覺得曖昧，無名氏表情有如要壓碎我把魂魄擠出來般，儘管他實質上沒用力，我卻見識到傳說中看著死人的眼神。

接著他毫無預警吻上來，我閃電般反射性蹲低後退，饒是無名氏也沒預料到我接戰速度這麼快，都是主將學長和刑玉陽訓練出來的身手，主將學長當初要是沒先封住我雙腿和雙眼，搞不好我被親時也能逃竄成功。

我往後僅僅退兩步就撞上石壁，只能捂著嘴厲聲道：「你幹什麼？」

「這輩子，你是女人而我是男人，你說我想幹什麼呢？親愛的……」無名氏欲言又止，某個稱呼或名字終究湮沒在他的遲疑中，無名氏再度逼近我，很享受這種把我逼進角落的快樂。

只要再伸個手就是標準壁咚姿勢了，我被這暗示性過於強烈的動作雷得五內俱焚。

「不好笑。」剛才的移動用盡我最後的爆發力，此刻簡直像有支錐子在太陽穴裡又戳又攪。

一陣天旋地轉，我被無名氏放倒在毛皮上，舒適的毛皮鋪墊頓時無比險惡，原來一切都設計好了。我全身冒出雞皮疙瘩，死命握拳忍住尖叫衝動，葉世蔓的臉孔一瞬閃爍模糊，被男人壓住制伏卻無力抵抗的事實令我感到深深的羞辱。

不要期待會有誰來救妳，現在大家都遇到麻煩，保持鎮定才能自救，蘇小艾！

我在外套被打開的同時瘋狂地思考對策，不聽使喚的沉重身體卻嘲笑著我，除了尖叫哭泣以外它無能爲力，我正被壓倒扒衣，還能鎮定才有鬼！

無名氏捕捉到我的慌亂，笑得更開心了。

從頭到尾我都沒從無名氏身上感到一絲情慾，才敢與他扯皮，但我忘記了，強姦這回事不見得都是因爲性衝動，他對「那個人」的占有慾與征服慾已經濃到快滴下來了。我幾乎是本能明白，無名氏眞的會毫不顧忌對我出手，前世的他就是如此扭曲的存在。

「你想毀了葉世蔓嗎？」

「還惦記那個弱小版本？我才是葉世蔓潛藏的本性，說是本尊也不爲過吧！」

「所以，你想毀了我？」女生遇到這種傷害通常都會崩潰，戴佳琬和陳碧雯就是生前死後同樣無法忍受創傷的例子，就連我也沒有把握自己能重新站起。

「這不像你，你怎麼可能因爲這種小事動搖？還要演到什麼時候？說到底，你眞的轉生成了女人？」他暫時停下解衣服的動作，仍壓著我的手腳，低頭親吻我的右眼，嘴唇貼著我的眼皮。「你常說弱肉強食，不服就反抗給我看看。」

我霎時明白，無名氏根本不信我沒有恢復記憶，一心認定我在耍他，還懷疑我像孫悟空一樣會七十二變。順著他的語意判斷，我前世好像不是女人，他才對蘇晴艾的生理外表這麼驚訝。

魔王無法接受我比他弱的事實，意味著他根本不可能同情我，只會一再測試我的底線，而他為我假設的底線超級神奇，我他喵的不能理解啊啊啊！

這道關卡偏偏非常精準地刺中我的精神弱點，應該說，身為女孩子幾乎從出生以來就屢屢被社會威脅警告或實際遭遇的強姦恐懼，不只是身體遭受暴力傷害，社會歧視和對人格的打擊更是致命，加害者還是熟人的身體，我頓時傷心得喘不過氣。

「你快要哭了，我以前可沒見過這麼可愛的樣子。」他舔過我變得濡濕的睫毛，令人頭皮發麻。

這個混蛋禽獸變態！

無名氏將外套拉到我的手肘上，雙臂被袖子綑住更難反抗，整個上半身只剩一件上衣，在他眼前彷彿赤裸。無名氏刻意放慢動作，他用空出的雙手徐徐撫摸我的大腿，隔著褲子傳來的輕柔撫觸一度接近身體中心，令我毛骨悚然。

「就算我想不起來，你還是期待那個人的轉世能夠通過你的測驗嗎？」我希望自己盡量憤怒，總比軟弱好，我以一種奇怪直覺洞察到無名氏的偏好，求饒會導致他變本加厲，無名氏會視爲我侮辱「那個人」的形象，哪怕他就是始作俑者。

「我也期待做到最後你會有何種反應，果然搶先烙印這種事，無論何時都令人開心。」他的手直接從衣襬潛入，貼著腹部一路挑逗地上滑，握住我的左胸。

我霎時羞憤欲死——啊咧？怎麼沒感覺，就像自己摸自己。

出乎意料的無感讓我錯愕，整個人像被潑了桶冰水，霎時世界靜止，只剩下他手掌下怦怦作響的心跳，震耳欲聾。

無名氏手指顫抖，總算了解蘇晴艾是活生生的人類，而他準備把這個我逼上絕路嗎？我和殺手學弟也曾在練柔道時肌膚相親許多次，不只他，柔道社裡的大家練習時肢體交纏，不小心碰到敏感部位是家常便飯，大夥早就習慣淡然處之，因爲有著對同伴的信任。

我也還是信任葉世蔓，身體已經給出最誠實的答案，我終究無法把他和魔王切割，葉世蔓與無名氏一體兩面，證據是，我對無名氏並未產生遭吳法師非禮時的噁心，原來白娘子還比我早看清事實。我不打算包容惡劣舉動，也不冀望無名氏大發慈悲懸崖勒馬，我只是毫無理由地相信他，即便我將被他傷害。

不可能是愛情，但我已然體會，我與無名氏的前世就是如此深的羈絆，他是魔神仔，我又是什麼呢？無論如何也是與他對等或凌駕他之上的怪異存在吧？

鬼使神差地，我說了一句話：「主將學長比我有料，你摸他可能更滿足。」

他無意識哆嗦一下，那個反應是出自葉世蔓還是魔王呢？我留意到無名氏嘟起嘴流露私人情緒，這個小細節依稀暗示著主將學長並非局外人，無名氏似乎具有某種不靠名字模樣辨識轉生對象的奇特直覺。

說來不好意思，我因爲打擊過大正處於賢者時間之類的狀態，大腦同時超速運轉各種訊息，忽然發現無名氏眞正的陷阱剛剛露出一小角破綻。

魔王想要我拚命反抗，卻發現我出奇無力，導致他的節奏似乎有點亂了。彷彿有個陌生的我正飄在半空中冷漠無情地審度戰局，這是開始解離的跡象嗎？我實在不想以後都是思覺失調的病人。

「不是不想揍你，但現在的我可能連站起來的力氣都沒了，激我也沒用。你強暴完我之後，我會更虛弱。」我索性把話挑明。

「你這是認輸打算乖乖服從我了？」無名氏笑容燦爛，眼神卻像結冰的山岩。

「所以，我應該要使用貼身帶著的武器，那把你摸了半天故意不繳械的媽祖娘娘小刀。」我說。

「比現在還要虛弱的你打得過我？」他輕柔地問，沒發現自己微皺眉頭，一個騙子意識到即將被拆台的不安。

「我會贏喔！只要你一發現我眞的起了殺意的時候，給個空隙讓我動手，然後故意不保護自己就好了，就算不會死，受到行動困難的傷勢還是有可能的，在就醫困難的深山，沒準就變成重傷，那個時候我動搖的反應也能夠爲你帶來樂趣吧？」我憤怒地說。

眞正的考驗不是奪走我的貞操，而是殺手學弟肉體存亡，讓原本想保護葉世蔓的我親手攻擊間接害死他，對無名氏來說就是大勝利了。但若我沒上當，他就要占我便宜，因爲他不是眞的想復活卻要蓋章留念？果眞是魔王才想得出的兩難惡計。

冰涼濕意滑過脖子，我無聲地哭了，眼淚泉水不聽使喚地湧出來，他目不轉睛看著。

他怎麼可以——只因爲我想不起他的名字，我不記得前世的點點滴滴，就對我和他自己的轉世進行這麼殘忍的遊戲！

「我……沒辦法傷害你的轉世……你放棄吧……」我斷斷續續哽咽地說。

他不肯認輸，放手一搏蠻橫地吻咬著我的脖子。

被無名氏這樣磨著，佛都有火了！神魔之子了不起嗎？搞不好我就是大天使轉世！

「到頭來你和其他下三濫男人一樣只會用這種老梗方式傷害女生。」憋了許久的委屈跟著眼淚一起發洩出來後，我現在剩下最多的就是怒火了。

「其他男人是誰？」無名氏果然夠敏銳。

「一個騙色神棍，刑玉陽及時救了我，就是因爲這件事我才和他熟識。」

其實我並未眞的忘懷差點被吳法師性侵的傷害，只是後來險些被戴佳琬殺掉還遭刑求的陰影更大片，加上吳法師惡有惡報，我刻意不再多想，哪怕午夜夢迴驚醒，也只是安慰自己一切都結束了。

當眞沒有影響？我雖未像被跟蹤狂傷害許多年的戴姊姊那般厭男，但我和她一樣無意在現實中建立正常男女關係，不只是冤親債主和生活壓力，綺思妄想的部分我也無法盡情放縱，之後連同人小說都只看清水向了，就是因爲容易聯想到髒東西令人不快。

我氣前世人格蓄意毀滅殺手學弟的今生，更氣自己對此無能爲力，我甚至猜到無名氏可能會蓄意放殺手學弟意識醒轉面對這一團混亂。他正在自殘，連自身魂魄都不放過，卻沉溺其中。

發現自己被和下三濫神棍相提並論，無名氏有些動搖，說不定這是我唯一的機會了！

「我不會放棄葉世蔓的，你要是眞的敢性侵我就做啊！我會針對你，絕不會遷怒學弟。」

「你要怎麼針對我？如果你眞的如同那個人一樣了解我，應該知道，愛與恨對我來說沒有不同，只要是特別的感情，我就會因此開心。」無名氏朝我額頭「啵」地親了一下，揚起嘴角挑釁。

「我會從你眞的傷害我的那一刻起，許願往後生生世世都不會再出現你的轉世面前，如你所願，特別不要你了。倘若你相信我有這份實力，這個願望必然會實現。」我毫不遲疑說出湧上心頭的想法。

「就這樣？」他鎭定地反問。

「怕了？給我退後，我跟現在的你沒有任何交情，你覺得我像開玩笑嗎？」如同我相信無名氏爲了打開「蘇晴艾」這個殼尋覓他鍾情的前世不擇手段，他應該也能分辨我不只是恫嚇，我曾說過，我們是同一個頻道上的人，而且我恐怕比他更極端。

前世來生聽起來很酷炫，難道這輩子就能隨便混過去嗎？殺手學弟費了很多心思和這個我相處，他和我一樣跌跌撞撞尋覓著處世之道，依然很笨拙。大家都說緣分是上輩子修來的，無名氏一定做了不少努力，我和殺手學弟這輩子才能和和氣氣相處，爲何又要破壞？

彼此凝視著，無名氏臉上的嬉弄如潮水般消退，取而代之的是迷濛遲疑。

「明知蘇晴艾已經不是你認識的那個人了，還是體型力氣都不如你的女生，偏偏要欺負我，就是不給我面子。我的前世應該不是那麼大方的聖母，瞧你得乖成什麼樣子才能得到疼愛，不說前世了，我小氣，我記仇，我對不乖的學弟沒興趣！」我趁他分心時縮起一隻腳，抵在無名氏小腹上把他頂開。

無名氏沒反抗，順勢退後兩步。我氣喘吁吁地坐起，第一件事就是脫下纏在手上的外套，用力甩到旁邊，只要還能站起來，我就打給你看！

並非不想趁機廢了他的作案凶器，可惜此時我沒有一擊必殺的把握，也不想過度刺激這個腦袋有病的魔王，娘娘的小刀我不願用，但我不會乖乖配合，他得先用暴力傷害我，等我昏倒了去姦條死魚吧！

他深深吸了一口氣，抱頭哀嚎。「蘇晴艾，妳根本和那個人一模一樣——」

「哦？是嗎？恭喜呀！」我冷笑。「歡喜做，甘願受，你考慮清楚了。」

接下來發生的事比學弟前世是魔王更奇幻，無名氏雙膝落地爽快地跪了，我徹底傻眼。

「對不起，我會很乖的，不要討厭我。」他用軟綿綿的悅耳聲音仰望著我說。

「你以前是不是常常跟那個人玩這種play？」

跪得那是一整個行雲流水，我都要懷疑人生了啊！

「當然！」魔王用懷念且感動的語氣回答。「要玩到這麼大很困難，你很難近身，又會叫老大揍我。」

「老大是誰？」

「呵！我才不讓你想起他！」

無名氏就是不肯鬆口我和他前世的關係，鐵定是曝光對他不利，畢竟能讓他下跪求饒，不是老婆，那就是上級？

他的語氣一下子指我蘇晴艾，一下子又將我當成那個人，眼看是要把我和前世整合成一組了。

本該趁勝追擊，我卻單膝跪地雙手撐壓在毛皮上，兩眼發黑。這兩天每次都是忍到不能再忍才昏迷，身體早已疲憊不堪，在白峰主巢穴也只是緩了緩，並未眞正休息恢復，我一直都卡在極限上。

「你給我跪好……充分反省……我再睡一下……」黑山主的瘴氣讓我手腳像泡著冰水，腦袋卻變成火爐。無論如何，暫時不會被性侵還是讓我很高興，沒想到和魔王的談判是我贏了！

不知去夢裡叫醒許洛薇讓她飛來救我有沒有搞頭？等等，現在再使用ＡＲＲ超能力我恐怕回不來，還是單純休息比較保險。

歪倒在毛皮上，心跳超過一百八，實在有點不妙，我下意識拿出媽祖娘娘的小刀揣在胸前，卻聞到一陣花香與海風的氣味，心臟漸漸降回正常跳動頻率，比鎮定劑還好用。神明的味道貞好聞……可惜再好聞也是想要將殺手學弟變成啞巴終身囚禁的勢力代表。

倘若我前世是魔王的上級，之後會不會也被天界追殺？已經夠廢柴了還要被貼反派標籤著實不公平，我只想回「虛幻燈螢」蹭吃蹭喝，老天保佑刑玉陽別覺醒成啥奇怪的大神，我不能沒有他的小店！

說到底都是無名氏任性亂入的錯！他繼續沉睡就沒事了，殺手學弟也能恢復原狀，若能成功逆轉人格，媽祖娘娘那麼好，拗看看說不定有機會拜託祂向天界斡旋，權當一切沒發生過！

魔王就靠我來搞定！

《玫瑰色鬼室友．畢業季節》上冊　完

國家圖書館出版品預行編目資料

玫瑰色鬼室友.卷七,畢業季節 / 林賾流 著.
——初版. ——台北市：魔豆文化出版：蓋亞文化發行，2019.10
面； 公分.（Fresh；FS172）
ISBN 978-986-97524-4-2（上冊：平裝）

863.57 108014795

fresh FS172

玫瑰色鬼室友 vol.7 上 畢業季節

作　　者 林賾流
插　　畫 哈尼正太郎
封面設計 莊謹銘
責任編輯 盧琬萱
主　　編 黃致雲
總 編 輯 沈育如
發 行 人 陳常智
出 版 社 魔豆文化有限公司
發　　行 蓋亞文化有限公司
地址：台北市103大同區承德路二段75巷35號
電話：02-2558-5438　傳眞：02-2558-5439
電子信箱：gaea@gaeabooks.com.tw
投稿信箱：editor@gaeabooks.com.tw
郵撥帳號 19769541　戶名：蓋亞文化有限公司
法律顧問 宇達經貿法律事務所
總 經 銷 聯合發行股份有限公司
地址：新北市新店區寶橋路二三五巷六弄六號二樓
電話：02-2917-8022　傳眞：02-2915-6275
港澳地區 一代匯集
地址：九龍旺角塘尾道64號龍駒企業大廈10樓B&D室
電話：+852-2783-8102　傳眞：+852-2396-0050
初版一刷 2019年10月
定　　價 全套兩冊不分售・新台幣 399 元
Published and printed in Taiwan

ISBN 978-986-97524-4-2

魔豆

魔豆